FABLES

NOUVELLES

DE

Bourgeois-Tuillon.

Nosce te-ipsum.

TOME 2.

A SAINT-QUENTIN,

CHEZ L'AUTEUR;

ET CHÉZ LES PRINCIPAUX LIBRAIRES DE PARIS
ET DES DÉPARTEMENS.

1830.

Fables nouvelles.

St-QUENTIN. — IMPRIMERIE DE COTTENEST.

FABLES

NOUVELLES

de Bourgeois-Guillon.

Nosce te-ipsum.

TOME SECOND.

A SAINT-QUENTIN,

CHEZ L'AUTEUR;

ET CHEZ LES PRINCIPAUX LIBRAIRES DE PARIS
ET DES DÉPARTEMENS.

1830.

APOLOGUE : subs. masc. grec. [1]

C'est la morale ou l'application d'une fable, *ou de tout récit feint ou véritable,* pour l'instruction de la vie et pour la correction des mœurs.

[1] Manuel lexique, *page* 48.

FABLES NOUVELLES.

LIVRE SIXIÈME.

Les Levriers et le vieux Coq.

(Imitation de LA FONTAINE. *Fable* 15, *livre* 2.)

QUAND vous étiez en sentinelle
Sur ce grand arbre, auriez-vous vu
Passer renard? Il nous la donne belle,
Le drôle! Nous l'avons perdu,
Disaient deux levriers harassés, hors d'haleine,
A ce vieux coq que La Fontaine
Nous a dépeint plus fin même que le renard.
Messieurs, leur dit le coq, il se fait un peu tard,
Le renard a quitté la plaine,
Ne me refusez le plaisir
D'arrêter un moment et de vous rafraîchir.
Demain, au lever de l'aurore,
Vous serez plus dispos pour le chasser encore.
Levriers acceptant, le renard est sauvé.
Quelqu'un dit à ce coq : Mais perdez-vous la tête?

A quoi diable avez-vous rêvé ?

Quoi ! vous-même avez préservé

Le renard du péril. Eh mais ! qui vous arrête ?

Oh ! contre mon persécuteur ,

Dit-il , je puis , nuit et jour , être en garde ,

N'être pas trop fâché de son malheur.

Mais , qu'à jamais le ciel me garde

D'être , arrière de lui , son dénonciateur.

Suite du Jardinier et son Seigneur.

(LA FONTAINE. *Fable 4, livre 4.*)

Qu'avais-tu besoin d'aller faire

A ce seigneur une telle prière ?

Disait Margot; ton lièvre était sorcier ,

Disais-tu , certe il l'est , puisqu'il revient encore;

Mais fallait-il pour cela le prier

De venir chez nous , dès l'aurore ,

Avec meute et valets , piller et ravager ,

Et le jardin et le verger ?

Femme , répond le jardinier ,

De bien d'autres soucis j'ai l'âme bourrelée.

Qu'il ait , cet imprudent seigneur ,

A l'enclos fait mainte trouée ;

Qu'il m'ait , en une matinée ,

Gaspillé le produit d'une abondante année,

    Ce n'est encore qu'un malheur.

    Que ses valets, lui, sa famille

Aient dévoré poulets, jambons, sablé nos vins,

    Passe encor; mais ta pauvre fille !...

    J'ai lu dans son cœur, et je crains

Qu'elle ne soit un jour, bien plus que nos jardins,

    La victime de ma sottise.

    Il prévoyait juste; un matin,

    Sa fille, la belle Louise,

De son seigneur trop follement éprise,

Suit à Paris le jeune libertin.

Après six mois de mauvaise conduite,

    Abandonnée, elle est réduite

    A figurer à l'opéra.

Le désespoir, plus encor que la fièvre,

    En trois jours sa mère emporta;

Et ne cessant d'en faire un bon *meâ culpâ*,

    Le jardinier lui-même me conta

Tous ces malheurs causés par un sorcier de lièvre.

Le Corbeau et le Mouton.

(Imitation de LA FONTAINE. *Fable* 16, *livre* 2.*)*

Quoi! seigneur du corbeau, c'est vous, vous mis en cage!

Que sert d'être si vieux, si l'on n'est pas plus sage?

Disait en passant le mouton

Dans la toison duquel s'empêtra le glouton

Qui, croyant l'enlever comme certain fromage,

Fut pris la main au sac, dit-on,

Et de Guillot reçut cette correction.

Le corbeau, dans sa vaine rage,

Pour les punir d'avoir causé son esclavage,

Ses trop faibles serres rongeait.

Comme il était très-vieux, peut-être, en son jeune âge,

Avait-il vu dans un voyage,

En cage comme lui s'étrangler Bajazet.

Vas, dit-il au mouton, sans être habile augure,

Bien mieux que l'aigle, ou moi, ton maître, je le jure,

Doit avant peu rabattre ton caquet.

Pourquoi ce pronostic, dit l'autre, quelle injure

T'ai-je faite jamais? Dois-tu t'en prendre à moi?

Si tu t'es fourvoyé, n'en accuse que toi.

Je ne le sais que trop, je serai la pâture

Des dieux, du berger ou du loup;

De quelque part que me vienne le coup,

Je n'en dois accuser que ma triste nature :

Je mourrai sans reproche au moins, et c'est beaucoup!

Le Singe et le Chat.

(Synonymes français, art. 461. *)*

Un singe embrassant ses petits,
Si fortement contre son sein les serre,
Qu'il les *étouffe.* Quoique père,
De l'accident il n'est que peu surpris ;
Tandis que la douleur, les cris
Ont *suffoqué* la tendre mère.
Un chat était témoin de leur misère ;
Et ce tableau ne fait que provoquer ses ris.

Ce dernier trait, hélas ! n'est que trop ordinaire.
Qu'un ami perfide, un méchant,
Surtout s'il est riche ou puissant,
En vous caressant vous déchire,
N'attendez pas d'autrui quelque soulagement :
L'égoïsme ne fait qu'en rire.

Le Rat solitaire.

(Synonymes français, art. 445. *)*

Le temps d'*étudier* est celui du jeune âge.
Dans un âge plus avancé,

L'esprit formé saura mettre en usage
Ce que vous aurez amassé.
Apprendre alors est la tâche du sage.
Ce vieux rat dont les levantins
Honorent le saint personnage
Qui, retiré dans un fromage,
Sur les vices des chats, des chiens
Et des humains,
Faisait, tous les soirs et matins,
Des méditations profondes,
Dans son jeune âge avait visité les deux mondes.
Il avait vu les Apennins,
Vu le cap de Bonne-Espérance;
Bref, il avait *étudié*
Les mœurs, les *us*, s'était lié
Avec gens de toute apparence;
Et, dans son endroit revenu,
Il mettait à profit tout ce qu'il avait vu.
Quel fruit de tant d'expérience
Pensez-vous qu'il ait retiré?
Il paraît qu'il *apprit* de certaine science,
Que, plus l'on peut vivre au loin, séparé
De la ratière et de l'humaine engeance,
Plus le bonheur est assuré.

Le Normand, le Gascon et le Courtisan.

(Synonymes français, art. 5o7.)

Un Normand , un gascon avaient tous deux , en cour ,
 Certaine affaire d'importance.
Après mainte démarche , après maint et maint tour ,
 Quelque *fin* que la défiance
Ait rendu le normand ; quelque souple et *subtil*
Qu'aient rendu le Gascon l'intrigue et la prudence ,
De la cour n'ayant pas assez d'expérience ,
 Dans ce dédale ayant besoin d'un fil ,
Ils y perdaient leur latin , leur science ;
  Ils perdaient, depuis plus d'un an ,
  Leur temps , leurs soins , leur patience ;
  Quand , par bonheur , d'un courtisan
  Tous deux firent la connaissance.
  Or, ce courtisan *délié* ,
  D'un pas ferme et délibéré ,
  N'allant que par des routes sûres ,
Sans trop de peine , a bientôt délié
  Les petites trames obscures
Qui de nos gens auraient emberlificoté
Les intérêts toute une éternité.
  Mais il leur fit payer d'avance ,

Et leurs promesses et les frais.
Ceux-ci semblant choqués de cette prévoyance :
Messieurs, dit-il, chacun ses intérêts.
Vous, Gascon, vous pourriez me payer en jactance,
Et vous, Normand, par un procès.

Comme vous connaissez vos saints, honorez les.

Annette et Lubin.

Bien par de-là le voisinage
Il n'était question que d'Annette et Lubin.
L'église, avec sa cloche; avec son tambourin,
Le maire, proclamaient leur tardif mariage.
Voici le fait, sans tant de bavardage :
Lubin, gros garçon réjoui,
Qu'on a vu, dans le temps, tenir tête au bailly,
Depuis quinze ans vivait avec Annette,
Mais n'était pas encore son mari ;
Depuis quinze ans, c'est leur peine secrète.
Le temps, la révolution
Ont traversé toujours leur union.
La principale affaire est faite :
Ils ont eu deux enfans, une fille, un garçon ;
La fille même est grandelette :
A tout péché miséricorde. Enfin

Et du prêtre et des lois, enfans et mariage
    Reçoivent un état certain.
Vaut mieux tard que jamais, c'est mon dernier adage,
    Or, tout cela s'est vu dans Salency!
    — Dans Salency fameux par ses rosières?...
— Doutez-vous maintenant du progrès des lumières?
    Et que, sous les humbles chaumières,
Comme dans les cités, le siècle marche aussi.

L'éducation du jeune Lion.

(Synonymes français, art. 1007.)

    Un vieux lion avait enfin
Rejoint ses bons aïeux. Avec impatience,
De son règne trop long ses sujets, en silence,
    Depuis long-temps aspiraient à la fin.
Il était devenu dur, quinteux, rigoriste,
    Ce que chez nous on dirait janséniste.
    Pour héritier il laisse un jeune enfant.
      Il ne faut pas surtout qu'il erre
      Sur les traces de son grand père,
      Insinuait maint courtisan.
    A ce sujet on cabale, on s'assemble,
      Enfin l'on s'arrête à ce plan
Qui présente une fin plus sûre et plus d'ensemble.

Près du prince on met le serpent,
Le perroquet, la syrène ; à l'instruire
Chacun d'eux doit employer son talent.
Mais, la tâche secrète est surtout de *séduire*,
Suborner et corrompre. Mes accens
Joints aux attraits de mon visage,
Dit la syrène, auront bientôt de son jeune âge
Gagné le cœur, *séduit* les sens ;
Et la voilà, d'un air ouvert et plein de grâces,
Du prince assidument suivant, baisant les traces,
Lui présentant ce qui lui rit,
Avec empressement faisant tout ce qu'il aime.
L'allure du serpent est loin d'être la même.
Est bien fin sur son front qui lit
Ce qu'il médite en son âme profonde.
A *suborner* il réfléchit.
Voyez un peu comment il se conduit.
Mystérieux, il observe, il vous sonde,
S'attache à vous, et vous attire à lui.
Son propos incertain et vague en apparence,
Sous des dehors d'indifférence,
Excite en vous plaisir, ennui,
Quelquefois même la colère ;
Tend à faire jouer vos traits,
A percer votre caractère ;
Un mot, un geste, un rien l'éclaire.
Sur vos penchans, vos goûts et vos faibles secrets.
Il entend ce que l'on veut taire,

Et vous fait deviner ce qu'il ne vous dit pas,
' Près du prince , éduqué par de tels scélérats ,
   A la vertu moins qu'au vice docile ,
    Du perroquet , sophiste habile
A répandre le vice et la *corruption*,
    On conçoit que la fonction
   Devint bientôt agréable et facile.

Peut-être ainsi , d'abord , fut *corrompu* Néron.

Le Lion de Florence.

Certainement le but de tout flatteur
Est de capter le cœur de celui qui l'écoute;
Mais cette acception forcée est une erreur.
   On peut flatter sans être adulateur ,
    On peut flatter sans qu'il en coûte
    A la conscience, à l'honneur;
    Et même, sans que l'on s'en doute ,
Une parole franche , un reproche , souvent
Ont d'une flatterie exquise la nuance.
Chacun connaît le trait du lion de Florence ,
Qui rendit à sa mère éperdue , un enfant
    Qu'il tenait déjà sous sa dent.
Le lendemain , ne sais si ce fut par vengeance ,
Soif de sang , passe-temps; (car messieurs les lions

Ont aussi leurs fous, leurs Nérons),
En traversant un malheureux village,
Il y sema la mort et le carnage.
    Hommes, femmes, enfans, vieillards,
    Jonchent le sol de leurs membres épars;
        C'est une affreuse boucherie.
A sa cour revenu, messieurs les courtisans
        Renchérissent de flatterie.
        Rendre, disaient-ils, à ces gens
Qui sur les animaux usurpèrent l'empire,
        Mépris pour mépris, maux pour maux,
C'est réhabiliter, venger les animaux.
Chacun est énivré de joie et de délire;
D'imiter le lion, tigre, ours, promettent bien.
    D'un courtisan ayant peu le langage,
    Un vieux bouc seul ne disait rien.
Quoi! lui dit le renard, à notre souverain
        Refuserais-tu ton suffrage ?
        Vieil encorné, tu m'en as l'air !
J'admire, comme toi, dit l'autre, son courage;
Mais, sans me prononcer sur le sort du village
        Dont il vient de faire un désert,
        Tout cela n'est que du carnage :
Un loup même en peut faire autant, et davantage :
        J'aime bien mieux son trait d'hier.

Le mot plut au lion, il en devint plus sage.

Le Lion et le Moucheron.

(Imitation de LA FONTAINE. *Fable* 9 *, livre* 2. *)*

Oh ! que n'es-tu tigre , éléphant !
   Comme dans ton perfide sang
J'assouvirais et ma haine et ma rage.
Ainsi parlait encore le lion ,
Sous sa griffe tenant enfin le moucheron
   Qui venait de le mettre en nage.
  Que n'es-tu ?... Non , contre un être avorté ,
   Trop indigne de ma vengeance ,
Ne déshonorons pas ma force et ma puissance !
   Va-t-en , et de la liberté
   Désormais fais meilleur usage.
Dame Aragne aurait eu moins de générosité.
On va voir si l'insecte est devenu plus sage.
Notre auguste lion est à peine remis
Du mauvais traitement qu'il s'est fait à lui-même ,
  Que d'un danger plus grand , vraiment extrême ,
Il est tiré ! par qui ? je vous le donne en dix ;
Devinez. Un chasseur étant en embuscade ,
Brave autant que certain héros de l'Iliade ,
   Bien garanti par une palissade ,
L'attendait : il avait vingt-cinq coups à tirer.

Les animaux devaient ce jour pleurer
Leur Roi ! oui le pleurer ! il était bon et juste.
Enfin notre chasseur le voit prêt à passer.
　　Déjà notre chasseur l'ajuste,
Déjà sur le déclin il a le doigt : aux yeux
Le moucheron le pique; espoir de chasse, adieux,
Le coup part; mais le plomb va pourfendre... un arbuste.
　　Diable, se dit à part soi le lion,
　　Il faisait chaud. Voyant le moucheron :
　　　Encor toi, dit-il, en colère !
Oui, sire, lui répond l'insecte, encore moi,
　　　Et Dieu merci, vive le roi !
　　　On explique au lion l'affaire.
　　Prenant l'insecte en vraie affection,
　　　Il le récompense en lion,
　　　Et le loge dans sa crinière.

　　Chacun sur la double action
　　Du monarque et du moucheron
Pourra moraliser suivant son caractère.

~~~~~~~~~~~~~~~~~~~~~

Le Propriétaire d'un troupeau et le Lion.

(Imitation de LA FONTAINE. *Fable 2, livre 6.)*

Quoi ! c'est en lui payant, pour tribut, un mouton
　　Par chaque mois, que le lion

Te laisse errer en paix dans la campagne?
   Son repaire est vers la montagne,
Dis-tu? — Oui maître! on l'aperçoit d'ici.
— J'y vais, je n'entends pas, moi, transiger ainsi,
   Ainsi parlait le vrai propriétaire
D'un troupeau dont Guillot, comme tout mercenaire,
A l'abri du lion savait, parfois aussi,
   Bonnifier son ordinaire,
Armé jusques au dents, notre homme du lion
Tout droit aborde l'antre, Il faisait la sieste,
   Si l'on veut la digestion.
Poliment, mais d'un ton ferme, et qui paraît leste
A celui qui l'entend quand il est revêtu
   D'un grand emploi, notre homme expose
   Pour quel objet il est venu.
Le lion veut d'abord parler haut. Quoi! l'on ose,
Dit-il. Oui repart l'autre, et ce qu'on vous propose,
Frappant sur son fusil, et le faisant brandir,
   On est prêt à le soutenir;
   Votre autorité souveraine
   Ne s'étend pas sur mon troupeau :
   Il n'est pas de votre domaine;
Et s'il faut guerroyer, nous sommes prêts. Tout beau,
   Dit le lion, quoiqu'un pareil langage
   Doive me paraître nouveau,
Je l'aime : nous aimons nous autres le courage;
   Non pas celui d'un jeune fanfaron
   Qui, prétendant me demander raison,

Me vit et court encor. J'accepterai pour bonnes
    Toutes celles que tu me donnes,
Et fais grâce, à Guillot comme à toi, du mouton.
Ce beau consentement est-il bien volontaire ?
Guillot fut-il content ? Pas beaucoup, pense-t-on;
Ne sais; mais il suffit que l'on voie en affaire
    Où nous conduit la résolution.

Le Lion, le Renard et le Singe.

De tous les courtisans obstruant son lever,
Le lion distinguait, par mainte préférence,
Le singe, dont les tours le savaient amuser;
Le renard, passé maître en fait de sapience;
Mais sa conduite entr'eux signalait sa prudence.
Quoiqu'admis au conseil, que ses moindres avis
    Fussent le plus souvent suivis,
Le renard du lion n'obtenait nulle grâce
    Pour les siens, ni pour ses amis;
A lui seul se bornait le brillant de saplace.
    Comblé d'honneurs, de sa protection
Il ne peut appuyer des courtisans l'audace,
    L'intrigue ni l'ambition;
    Tandis que, pour une grimace,
    Pour quelques tours de passe-passe
Dont, après les ennuis de son gouvernement,

Le roi s'amuse, se délasse,
Il n'est rien que du roi n'obtienne dom Bertrand ;
C'est que loin d'abuser d'une faveur propice,
Sans prévoir l'avenir, vivant au jour le jour,
Il n'est capable au plus que de traits de malice ;
  Mais du renard, docteur en artifice,
Le lion suspectant la loyauté, l'amour,
Il le met hors d'état d'intriguer dans sa cour,

  Ce lion-là n'était pas un novice,

~~~~~~~~~~~~~~~~~~

Sédition apaisée par le Lion.

(Synonymes français, art. 935 et 1006.)

Ce lion, dont déjà nous avons admiré
    La sagesse et la politique ,
    D'une position critique,
Par son courage, un jour, s'est lui-même tiré,
Vivant dans une paix prolongée, abondante,
    Ses sujets, certe, étaient heureux.
Cependant son palais, celui de ses aïeux
Est soudain assailli de cris *séditieux.*
Dans sa cour, qui peut-être est aussi *turbulente,*
    Des mouvemens *tulmutueux*
    Jettent le trouble et l'épouvante,

Le renard, que l'on peut soupçonner n'être pas
    Etranger à cette tempête,
Ouvre l'avis qu'il faut laisser tomber à bas
Ces cris sédicieux, ce bruit.... Le roi l'arrête :
Visir, dit-il, allez, ou vous mettre à leur tête,
Ou les faire rentrer dans l'ordre; sur vos pas,
    Avec les miens je vais paraître,
  Et faire voir à ces sujets ingrats,
Qu'un roi peut-être bon sans cesser d'être maître.
Allons, on n'est jamais trop prompt à réprimer
Une *sédition : la révolte* en peut naître !
    Allez, s'il s'y rencontre un traitre !...
Qu'il tremble !... Je voulais ne me faire qu'aimer !...
  Il est donc vrai que le peuple supporte
Plus aisément le joug des plus cruels tyrans
Que celui d'un bon maître ! Allons, allons, enfans !
    Il sort, ayant pour toute escorte
    Cinq lionceaux. Leurs seuls rugissemens,
    Qui font trembler et les cieux et la terre,
    Ont dispersé les mutins. Au renard,
      Qui se tient encore à l'écart,
    Le roi vainqueur dit, sans colère :
Visir ! vous jugiez mal la fureur populaire,
Croyant que d'elle seule elle même s'éteint :
Elle est féroce, alors qu'elle croit qu'on la craint;
Mais, le peuple lui-même à pareille prouesse
Se porte rarement; ce sont des scélérats
    Qui, de leur bonheur même las,

Et prenant de leur roi la bonté pour faiblesse,
 Le poussent à ces attentats.
 La faiblesse perd les états !
Je ne veux pas me venger ni me plaindre ;
 Mais ils m'ont prouvé, les ingrats !
Qu'à celui qui commande il ne suffisait pas
D'être aimé, qu'il se doit encore faire craindre.

~~~~~~~~~~~~~~~~~~

Le Lion réprimandant ses ministres.

(Synonymes français, art. 365. *)*

Sur une affaire grave, et d'un aspect sinistre,
 Voulant avoir quelque renseignement,
Le lion fit venir le renard, le serpent,
 L'un son conseil, et l'autre son ministre.
Mais comme, en certains cas, trop grande notion
  Au maître n'est pas nécessaire ;
  Que, par sa nature, l'affaire
Exigeait la *réserve* et la *discrétion*,
  Le couple adroit sut si bien faire,
 Qu'après avoir, de plus d'une manière,
  Bien agité la question,
  A sa majesté le lion
  Elle n'en parut pas plus claire.
  Je vois, dit-il, que maint fripon

De cette affaire craint la suite ,
Sans trop blâmer votre conduite ,
Dont je pourrais être irrité ,
Je me borne à vous dire ici la vérité ,
Qu'assurément chacun de vous mérite.
Discret renard , tu sais parfaitement
Ce qu'il convient d'entendre , dire et faire ,
Comme *la réserve* au serpent
Indique tout ce qu'il faut taire ,
Je n'exigerai pas plus d'éclaircissement ;
Mais que chacun de vous sache , s'il est prudent ,
Ne pas sur ces objets provoquer ma colère.

Le Lion et le Renard.

Le Retour du calme.

J'ai lu dans certains vieux registres ,
Qu'après trente ans de révolution ,
Un lion , sur son trône , en conseil de ministres ,
Disait : Messieurs , des présages sinistres
Semblent encor obscurcir l'horizon.
Mon frère à son peuple a fait don
De sa sublime et rassurante charte;
Je ne veux pas , certes , qu'on s'en écarte ;
Comment se fait-il que partout ,

A l'abri même de son texte ,
Sous le plus frivole prétexte ,
On m'abreuve de maint dégoût ?
Je veux faire cesser ce désolant système.
Sire, dit le renard, à quoi sert le pouvoir ?
   Si , dans l'action du bien même ,
   On n'est pas libre en son vouloir.
Votre peuple est heureux, il le sent , il vous aime :
   Ne craignez pas de changemens.
   De mille espèces trop de gens
   Sont intéressés à la chose.
Peut-être on ne sait trop ce que l'on se propose ;
Mais , certe, on ne veut plus de bouleversemens.
Le peuple ! il a trop vu qu'une forte tempête
Du chêne seulement ne brise pas la tête ,
   Qu'elle renverse aussi les arbrisseaux.
   Ne craignez pas de grands troubles nouveaux ;
Mais à l'état il ne faut qu'un seul maître ;
Que le peuple aime en vous un père et juste et bon ;
Mais que le factieux, et même le brouillon,
   Craignent l'autorité !... Peut-être !...
Le roi sut profiter de la sage leçon,
   Et bientôt l'on a vu renaître
   Le plus beau calme à l'horizon.

Le Lion épilogueur,

ou

INVENTION DE L'APOLOGUE.

(Synonymes français , art. 455.)

Quoi ! se disait le lion , dégoûté
  Des façons de son ministère ,
Je ne pourrai jamais dans la plus mince affaire
  Ouïr la pure vérité !
Si je consens au plus petit colloque ,
Dans un discours qu'on croit savamment raisonné ,
  Mon vieux visir , maniant l'*équivoque* ,
    Parle dans un sens détourné ,
Entendu de lui seul. Après lui , son confrère ,
Dont l'élocution est confuse , peu claire ,
  Peut-être bien sans but prémédité ,
    Craignant sans doute d'en trop dire ,
    Parle avec *ambiguité* ,
    De manière à ne pas m'instruire.
    Passe encor pour le *double sens*
Dont se sert le renard; je comprends à merveille
    Ses deux significations ,
Et ne puis trop blâmer qu'avec précautions
Il cherche à ne pas trop offenser mon oreille.

Mais enfin, ce n'est pas ainsi
   Que la vérité doit s'entendre;
Comme partout ailleurs je veux qu'on puisse ici
   La dire et la faire comprendre.
Sire, dit le renard, que votre majesté
   Excuse en moi la liberté
   D'oser troubler l'auguste monologue
   Dont mon esprit est encor enchanté;
Mais, la vérité, sire, hélas ! la vérité
Trop nue, aura toujours quelque chose de rogue,
Qui blessera toujours les gens en dignité !
Je sais un moyen doux, persuasif, aimable
De la faire goûter. Sous les traits de la fable,
Mieux que du double sens, de son aspérité
Elle perdra bientôt le tact désagréable :
   Et l'apologue ainsi fut inventé.

Le Lion grammairien.

(Synonymes français , art. 889. *)*

   De la *préoccupation,*
Du *préjugé,* de la *prévention ,*
   Expliquez-moi donc les mystères ,
   A l'un de ses familiers
Demandait le lion. Je croyais volontiers ,

Avant de me mêler un peu de nos affaires,
  Que ces défauts n'étaient que populaires;
Mais je vois aujourd'hui que nous, tous les premiers,
Nous en sommes imbus. Parlez, soyez sincères,
    Car je crois à la vérité
    Ces dispositions contraires,
    Et nous empêchant d'acquérir
    Les connaissances nécessaires
Pour bien juger les choses. — Sans mentir,
    Dit le renard, il n'est pas d'être
Qui ne soit, plus ou moins, de ses défauts frappé,
Et celui qui se rit le plus du *préjugé*,
    Ne tarde pas à se faire connaître
    Comme le plus *préoccupé*
De ses seuls intérêts, de son petit mérite.
    De lui seul enthousiasmé,
    En lui l'amour-propre suscite
    Un vain désir de singularité.
Rien n'est juste, vrai, bon, que ce qui l'intéresse.
    Bien plus commune est la *prévention:*
Sa cause, son principe est, je crois, la paresse.
    C'est d'après l'approbation
De tels ou tels, faisant certain bruit dans le monde,
    Qu'un prévenu prend son opinion.
C'est sur l'autorité du maître qu'il se fonde.
    D'après les plis de l'éducation,
    Sur la coutume, sur l'usage,
    N'est-il pas moins fatigant et plus sage

D'apdopter sans réflexions,

   Tel jugement ou tel système,

Que de s'astreindre à s'en forger soi-même.

   Or, ces deux dispositions

En soi, comme en autrui, le trop de confiance

A divers *préjugés* donne bientôt naissance.

   De ces trois explications

Le lion satisfait, dans sa reconnaissance,

Fit donner au renard brevet de sapience.

Le beau Projet avorté.

Ce monarque des bois, dont la moindre action

   Digne de lui, chez nous excite

   Une vraie admiration,

   Qui sut ramener seul, si vite,

Ses sujets révoltés à l'ordre, à la raison,

Qui rend dans ses conseils justice au seul mérite,

   Enfin, notre auguste lion,

  Depuis long-temps dans sa tête médite

   Le plus sublime des projets.

   Dans le cœur de tous mes sujets

On a fourré, dit-il, que jadis mes ancêtres

Sur les leurs exerçaient un pouvoir absolu;

S'ils le pouvaient, nul d'eux n'endurerait de maîtres :

Les destins ayant résolu

Qu'après maint désolant outrage,

Qu'après le plus affreux naufrage

Le timon fût entre nos mains rendu,

Mais ne le fût qu'avec partage,

Dans l'intérêt du peuple et dans mes intérêts,

Avec raison je m'y soumets.

Qu'a besoin d'excès despotiques

Un vrai monarque? Aussi, je veux,

Pour que mon peuple et moi nous nous aimions tous deux,

Le faire enfin jouir des libertés publiques

Et des droits qui lui sont octroyés ou rendus ;

Que réciproquement ces droits soient entendus,

L'autorité ne peut être arbitraire.

Le mal est bien ancré dans les bureaux.

Mes ancêtres jadis avec leurs grands vassaux

Eurent peut-être moins à faire :

Voyons toujours. A peine il achevait ces mots,

Que son visir paraît suivi d'un secrétaire.

Parbleu ! visir, soyez le bien venu,

Venir plus à propos vous n'avez jamais su,

Dit-il ; il faut que l'on s'apprête

A soumettre aux prochains états

Un projet que j'ai dans la tête.

Vous avez trop d'affaires sur les bras.

J'ai vu dans mon dernier voyage

Que nous avons à prendre une mesure sage

Qui nous attirera, je gage,

Du peuple entier la bénédiction.

Il faut simplifier l'administration ,

De notre amour donner au peuple un gage :

Plus de centralisation.

Que chaque espèce , en son canton ,

Dans certains cas , s'administre en famille ,

Sans attendre des ans entiers notre apostille

Ou le travail du chef d'une division ,

Vous éternisant les affaires

Par des avis trop souvent hasardés ,

Mal conçus , et même arbitraires.

Accordons aux localités

Plus de franchise et plus de latitude.

Pour faire apprécier le système légal ,

Marchons-y d'un pas ferme , égal.

Vous remuez la tête ! — Hélas ! sire , habitude.

— De votre front j'ai trop étudié les plis ,

Vous n'êtes pas , visir , de notre avis ;

Parlez, dissimuler serait me faire injure !

— Rien n'est parfait , sire , dans la nature,

Dit le serpent ; mais loin que je murmure ,

Si vous y persistez, moi-même j'y souscris.

— Si j'y persiste ? Eh bien ! vieux Rominagrobis ,

Nous direz-vous par où le projet pêche ?

Parlez , voyons , qu'on se dépêche.

— Pour votre peuple en vain, sire , il est un bienfait,

Il en abusera , le peuple est ainsi fait.

J'en conviendrai , notre actuel système

N'est pas sans abus, sans défauts,
Quand elle peut se conduire elle-même
Soumettre aux rênes des bureaux
Une commune. Oh ! c'est un despotisme extrême;
Mais les abus chez nous ne sont pas sous les yeux,
On les supporte, en sera-t-il de même
Quand on pourra les voir, les palper sur les lieux.
Et la morgue, et les cotteries,
L'intérêt personnel et les criailleries;
Essayons-en; mais, sire, il est certain
Qu'ils se rejetteront bientôt dans votre sein.
Le roi piqué, presqu'en colère
Crut devoir ajourner l'affaire;
Son beau projet va se réduire à rien.

J'entends quelqu'un dire : c'est l'ordinaire,
Il s'agissait de faire quelque bien.

La Famine.

Sous un lion, monarque débonnaire,
N'est-ce pas sous ceux-là qu'on voit les plus grands maux,
Un de ces terribles fléaux
Que le ciel a dans sa colère
Inventé pour punir l'homme et les animaux,
La famine enfin, sur la terre

Exerçait au loin sa fureur.

Du pauvre on peut juger quelle était la misère,

Le lion et sa cour de ce commun malheur

Allaient éprouver les atteintes.

C'est trop rarement qu'en ces lieux

De l'infortune on soupçonne les craintes ;

C'est aussi de trop loin qu'y parviennent les plaintes

De l'opprimé, du malheureux.

Or, avant que ce temps devînt si difficile,

Pilpay raconte qu'un chameau,

(J'aimerais tout autant un cheval, un taureau,)

A la cour du lion vint chercher un asyle,

Fuyant de l'homme et le joug et les coups.

Son accueil seul lui fit bien des jaloux.

Mais du lion ayant gagné la confiance,

Ce fut bien pis. Ne pouvant cependant

L'immoler sans du prince exciter la vengeance,

Le léopard, le singe, le serpent,

Entr'eux trois firent alliance,

Alliance de courtisan,

Pour se débarrasser d'un pareil concurrent.

Le serpent dit : Laissez-moi faire ;

Quoiqu'au lion dom chameau sache plaire,

Il n'en est pas moins des plus sots ;

Sans même du lion exciter la colère,

Je vous en débarrasse. Alors, en peu de mots,

Il leur fait l'exposé du beau plan qu'il projette.

Pour s'occuper de la disette,

Ainsi que des malheurs du temps,

Le monarque tenait des conseils plus fréquents.

A l'un d'eux où le dromadaire

Assistait, on vit le serpent

S'étendre au long sur la misère,

Sur le danger effroyable, imminent,

Menaçant sa majesté même.

Et qui de nous, pour le prince qu'il aime,

N'est prêt à s'immoler, disait-il? Quant à moi,

Et ma vie, et mon sang!... Vraiment! de bonne foi,

Dit le singe, veut-il empoisonner son maître?

C'est bien plutôt à nous peut-être

De réclamer l'honneur.... Oh! dit le léopard,

L'offre est vraiment sublime, libérale;

Le bon morceau, pour une dent royale!

Chair de vieux singe! à peine en voudrais-je ma part.

Je n'ose point faire offre de la mienne,

Lorsque je vois ici des morceaux plus friands.

Electrisés par ces beaux sentimens,

Tigre, ours, loup et renard, chacun offre la sienne.

Enfin vient le tour du chameau.

Sans être moins qu'un autre amoureux de sa peau,

Dans ses expressions mettant moins de jactance,

Respect humain, et l'exemple, et je pense

Au fond du cœur espoir un peu

Que tout cela n'est que grimace et jeu,

Il allait protester que sa reconnaissance

Lui faisait un devoir bien doux.... Bravo, bravo!
  De s'écrier l'exécrable trio.

    Pour son prince, pour la patrie,
  C'est le chameau qui va donner sa vie ;
Est-il rien de plus doux, est-il un trait plus beau !
  Soudain sur lui le léopard se jette.
Vous les eussiez vus tous, dans un transport nouveau,
Sur le pauvre animal se ruer bel et beau ;
Jusqu'à l'âne, il n'est pas de bête qui ne mette
  La patte à l'œuvre. Ainsi César meurt sous les coups
D'un sénat, d'un fils même, ambitieux, jaloux.
Le lion veut en vain dire que c'est enfreindre
    Les lois de l'hospitalité.
    Sans beaucoup de difficulté
Il reconnaît bientôt comme une vérité
    Que le chameau n'est pas à plaindre,
    Immolé pour sa majesté !
Et que d'ailleurs il faut bien se garder d'éteindre
    Dans ses sujets un pareil dévouement.
    Enfin, pour dernier argument,
On lui sert du chameau l'ample et fumante échine ;
Quel sot regret pourra résister à sa mine.
Les complots des méchans restèrent impunis.

  Voilà comment les rois n'ont plus d'amis.

Le Lion et le Serpent.

MORT DU LION.

Un vieux proverbe dit : Jamais à ton service
Ne reprends qui de toi reçut une injustice :
    C'est au moins être inconséquent.
    Le lion en mainte occurrence
    Ayant reconnu du serpent
    Et les ruses et la prudence ,
    Le fit son visir. S'occupant
Des intérêts de l'état , de son maître ,
Pour assurer aussi ses propres intérêts ,
Le serpent s'étudie entr'autres à connaître
De son prince le faible et les penchans secrets.
Ils sont bientôt connus ces princes vus de près.
    A force donc de soins , de flatterie,
Du lion il subjugue et l'âme et le génie ,
    Il règne plus que le lion ,
    Mais il n'a pu dompter la passion
    De la plus terrible colère
Qui s'empare souvent du roi. De ses accès
Toute sa cour souvent a senti les effets.
Sur son ministre un jour, ne sais pour quelle affaire ,
    Il en fait tomber tout le poids ;
    Il le ravale, l'humilie

Devant toute sa cour, en fureur il lui crie
    D'aller cacher au fond des bois
    L'infâme et misérable vie
Qu'il veut bien lui laisser. Le serpent obéit,
    Roulant dans son cœur la vengeance.
    Bientôt notre lion sentit
Qu'il ne peut soutenir seul sa toute-puissance.
    Il rappelle le vieux serpent,
    Lui rend ses emplois. L'imprudent
   Lui rend aussi toute sa confiance !
    Mais celui-ci, plus scélérat
Que ne le fut Séjan, caressant son Tibère,
    Doucement le met hors d'état
    D'avoir d'autre accès de colère.

LIVRE SEPTIÈME

Les Grenouilles en révolution.

De peur d'en rencontrer un pire, [1]
  Aux grenouilles disait Jupin,
Devinerons-nous bien ce qu'il a voulu dire?
  Peut-il être un pire destin
  Que de se voir sous le bec d'une grue
    Qui vous croque tous, qui vous tue,
    Et qui vous gobe à son loisir?
    Je conçois fort bien le désir
De n'avoir pas pour maître une solive, un hère;
Mais pour être gobé par Claude ou par Tibère,
Qu'importe? on n'aime pas se voir ainsi gobé.
    Dans une sage liberté
Sachons donc supporter le joug doux, nécessaire,
    D'une autorité tutélaire.
Tel ne fut pas le sort de la gent grenouillère.
    De leur cris, Jupin irrité,
    Leur dit : Eh bien ! dans les tanières,
    Peuple de sots, peuple de fous,
  Gouverne-toi toi-même. Son courroux

---

[1] La Fontaine. Fable 3, liv. 4.

Ne pouvait les punir de plus rudes manières;
    Car, jusque dans les moindres trous,
    Ce peuple criard, aquatique,
    Va s'ériger en république.
    Souveraine sur son roseau,
Chaque grenouille, à soi, veut avoir sa part d'eau.
    Chacun enfin tranche du maître.
Jugez ce que prétend monseigneur le crapaud?
    Entr'eux bientôt l'on verra naître
  Maints Marius, plus d'un Sylla peut-être!
    Ce n'est plus sire cormoran
Dont on pouvait, par-ci, par-là, médire;
Ce n'est plus soliveau dont on pouvait tant rire;
    Des gouvernemens c'est le pire,
  Celui de tous.... N'est-ce pas maître Jean
  Ce que Jupiter voulait dire.

L'Abeille et l'Araignée.

Une abeille chargée, autant dire imprégnée
    Des sucs de mainte et mainte fleur,
Au coin d'une fenêtre, un beau soir, par malheur,
    Dans une toile d'araignée
    Fit son trou. Soudain, en fureur,
Dame Arachné lui crie : Eh bien donc! vagabonde,
L'espace dans les airs est-il si limité

Qu'il faille s'en venir ainsi troubler le monde
    Au sein de leur propriété ?
    Voyez donc un peu la voleuse,
    Avec sa charge de butin !
    Elle a beau faire, l'orgueilleuse,
    En propre elle n'a jamais rien ;
    Miel, cire, tout est pour le bien
    De la commune république,
    Ou pour l'homme. Oh ! moi, je me pique
    D'entendre mieux mes intérêts.
Quand une fois j'ai tendu mes filets,
Dont l'art égale au moins leurs travaux si parfaits,
    Je règne au centre, en attendant la proie
    Que le hasard ou que le ciel m'envoie....
De quel droit donc, esclave, as-tu troublé ma joie ?
    Certes qu'un malheureux cousin
    Ne l'aurait pas tant courroucée.
    Notre abeille étant trop pressée
    D'aller vider sa charge au magasin,
    A s'expliquer remet au lendemain.
    Revenue, elle cherche en vain
    Et dame Aragne et son domaine,
De son balai Marton avait tout emporté,
    Toile, filets, avec la souveraine.

Le temps, ainsi, nous l'avons vu sans peine,
A balayé plus d'une majesté.

Reconnaissance, gratitude.

(Synonymes français, art. 941. *)*

Par l'analyse et le raisonnement,
Héloïse a contracté l'habitude
De diriger l'esprit, le jugement,
 Et même aussi le sentiment
De son aimable enfant, la gentille Gertrude.
 J'entendis un jour cette enfant,
De la *reconnaissance* et de la *gratitude*
 Retracer avec rectitude
Et la nature et le portrait suivant.

 Tout entière à la bienveillance,
La gratitude est la même vertu
Qui, lorsqu'elle a donné, s'appelle bienfaisance,
 Et gratitude alors qu'elle a reçu.

D'amour elle a les transports, les étreintes,
 Douce au cœur comme le bienfait.
Elle en garde à jamais les aimables empreintes,
 Et croit n'avoir jamais trop fait.

Mais, par le temps qui court, la bonne gratitude,
 Dupe de bienfaits prétendus,
 Dans ses élans, dans sa béatitude
A quelquefois les airs un peu trop ingénus.

Moins expansive est la *reconnaissance ;*
    Jugeant le monde comme il est,
    Elle ne voit dans le bienfait
    Qu'un peu plus ou moins d'obligeance,
Et se croit quitte envers la bienfaisance
    Qu'elle paie avec intérêt.

    Si quelquefois la *gratitude,*
    Se faisant un égal devoir
    De donner et de recevoir ,
De s'acquitter prend peu d'inquiétude ,
Tant que cela n'est pas en son pouvoir,
    La *reconnaissance* hypocrite
En démonstrations fastueuses, souvent,
    Avec emphase, se répand
    Et croit par-là qu'elle s'acquitte....

Enfin, s'il est si commun ici-bas
Que l'une ou l'autre en nos âmes s'efface,
    Si l'on rencontre tant d'ingrats ,
C'est qu'il est par trop peu de bienfaiteurs, hélas !
    Qui le sachent être avec grâce.
    En ce siècle on n'est que prêteur.

En fait de *gratitude* et de *reconnaissance,*
    Voulez-vous juger votre cœur,
    Voyez ce que d'un bienfaiteur
    Vous fait éprouver la présence.

La Patrouille.

(Synonymes français, art, 661.)

Il ne faut pas compter , dit-on ,
Sur la résistance d'un *lâche* ,
Ni sur le secours d'un *poltron.*
De les trop excuser je ne prendrai la tâche ,
Et je n'ai que l'intention
D'avancer qu'un peu de prudence
Doit s'allier à la vaillance.

Un caporal et deux conscrits ,
Dans une nuit d'hiver , dans une de ces nuits
Où l'on ne voit pas plus en avant qu'en arrière ,
Faisaient patrouille aux bords de la frontière ,
En présence des ennemis,
Ils avaient devancé la dernière védette;
Quand on aperçoit un signal :
Qui vive ? crie alors le caporal ;
En avant , mes amis , croisez la baïonnette ;
Et le voilà , comme un nouveau Dassas ,
Qui court sans crainte , sans scrupule.
L'un des conscrits , d'abord , comme un *lâche* , recule,
Puis , faisant volte face , il avance le pas

Si bien qu'il se retrouve avec sa compagnie.
Comme un *poltron* l'autre n'avance pas,
Mais, à tue-tête, à son secours il crie.
De mon fuyard sur l'effrayant rapport,
Au caporal on renvoie un renfort.
On trouve le poltron se lamentant encor;
Mais, à cent pas, on trouve à terre un corps sans vie:
C'était celui du caporal,
Dans l'ambuscade ayant reçu le coup fatal.
Las! que lui servit sa vaillance?
Passe encor si ce trait le rendait immortel;
Mais de son nom, dès le second appel,
On n'a presque plus souvenance.

Le Riche et le pauvre Paysan.

C'est du travail que je demande,
Monsieur, et non l'aumône, hélas!
Gardez votre insultante offrande;
L'œil tout humide, ainsi parlait tout bas
Un paysan n'ayant pour tout bien que ses bras,
Et sur ses bras une famille forte.
Il était pauvre, il était indigent,
Même nécessiteux, n'importe,
Il n'était pas encore mendiant.
Vous croyez que l'homme opulent

Dont il sollicitait un ouvrage précaire,

    Fut touché de ce noble accent,

    Et que son cœur... tout au contraire,

    Trouvant sa réponse trop fière,

Et ne jetant sur lui qu'un regard dédaigneux,

    Il le traita d'insolent et de gueux.

    L'homme souffrant se retire en silence.

Mes enfans aujourd'hui n'auront donc pas de pain !

    Dit-il ; moi-même ai déjà faim !

    Il allait de la providence,

    Encore un peu, méconnaître la main

      Qui souffre que de tout il manque,

      Quand d'autres regorgent de bien,

      Lorsqu'il trouve dans son chemin

Un porte-feuille plein de gros billets de banque,

      Avec des lettres indiquant

      Le nom de son propriétaire.

      Il se trouve être justement

      L'homme qui si cruellement

      Vient de rejeter sa prière.

      Sitôt qu'il le sait, l'indigent

      Reporte tout, sans rien distraire.

    Oh ! dit le riche, un pareil procédé

      Est plus que de la probité ;

      C'est la vertu la plus parfaite.

C'est à moi maintenant à te payer ma dette.

      Eh bien ! que me demandes-tu ?

      — Comme ce matin, de l'ouvrage.

— Est-il possible, dit le riche confondu.
    Ami, n'outre pas la vertu,
    Crains l'orgueil; vas, de mon outrage
    Je suis humilié; vaincu,
    A ton grand cœur je rends hommage.
Veux-tu de ce trésor consentir au partage?
    — Non. — Je m'y suis presque attendu.
Tendant alors au pauvre une main familière,
J'ai regret, poursuit-il, de vous avoir connu
Trop tard; mon cœur au votre eût plutôt répondu.
Mais je veux réparer un tort trop ordinaire.
L'or ne m'a pas encor tout-à-fait corrompu;
Je veux à votre école aussi devenir sage;
Je veux votre amitié, votre estime, et je gage
    Qu'en ce traité j'aurai tout l'avantage.
    Le paysan enfin ému,
    Ne peut résister davantage.
Tous deux depuis en amis ont vécu.

Qu'on dise encor à quoi sert la vertu?

Les deux Immortalités.

    Il n'est besoin qu'on soit un Alexandre
Pour transmettre son nom à la postérité;
    A moindres frais à l'immortalité
      La simple vertu peut ascendre.

Certain héros moderne, (était-ce Tamerlan,

    Ou Bajazet, ou Gengiskan ?

    C'était, si vous voulez, cet homme

Qui fit plus que César, son enfant roi de Rome.)

    Après avoir subjugué maints états,

    Bon gré, malgré, bien loin de leur patrie,

    Bon gré, malgré, partageant sa furie,

Entraînait après lui des milliers de soldats.

De loin voyant un jour une foule assemblée,

(Un héros peut d'un rien avoir l'âme troublée),

    Qu'est-ce, dit-il ? — La fête d'un patron,

    Sire, répond un courtisan. — Son nom ?

      — C'est, je crois, saint Hilarion.

    — Est-il connu chez nous ? — Plus d'un fidèle

    Bonnement l'honore avec zèle.

-- Bonnement ! Depuis quand ? -- Quinze siècles et plus.

-- Quinze siècles ! un saint !.. Eh quoi ! d'un pôle à l'autre,

On voit, je ne dis pas seulement d'un apôtre,

    D'un grand martyr, mais d'un simple reclus,

    Le nom fêté ! que dis-je, en la prière

Invoqué tendrement, comme celui d'un frère,

Notre médiateur près d'un Dieu notre père !

Mais ce sont-là vraiment les princes de la terre !

Notre gloire, nos noms, qu'est-ce auprès, des fétus !

Voyant ses courtisans étrangement confus,

Messieurs, à cette idée et sublime et profonde,

Qui ne se sent, dit-il, l'esprit, le cœur émus ?

Voilà donc ce que Dieu réserve à ses élus.

                          3

Gloire immortelle aux cieux, gloire immense en ce monde!
De ces pensers ne sais ce qu'il advint.

Peut-être ainsi fut poussé Charle-Quint.

Le Seigneur et l'Ermite.

L'homme ne peut rester livré seul à lui-même.
Après Pascal, sondons ce problême étonnant.
　　Déchu de sa grandeur suprême,
L'homme étant replongé presque dans le néant,
Ce qui lui reste encor de sa gloire passée
　　N'est qu'un sombre ressentiment
Qui le rend misérable : il n'en est pas moins grand !
S'il n'est plus qu'un roseau, c'est un roseau pensant !
　　Du monde encor maître par la pensée.
Mais il ne peut sur lui se fixer un moment.
Redoutant d'entrevoir sa lumière éclipsée,
　　Il a recours au divertissement ;
　　En tout, partout il cherche à se distraire.

　　Ainsi vivait un seigneur en sa terre.
　　　Amusement tumultuaire,
　　　Chasse, pêche, jeu, tour-à-tour
L'arrachent à lui-même, aussi bien qu'à la cour
Le font l'ambition, ou l'intigue, ou l'amour.
　　Mais, hélas ! notre homme a beau faire !

A lui seul se sent-il livré? la nuit, le jour,
Même sans le remords, plus de plaisir, de joie,
Il ne sait quel ennui, comme un cruel vautour,
  Se cramponne à sa proie.
  Un jour, qu'égaré dans les bois,
 Il se trouvait avoir perdu les traces
  De la plus brillante des chasses,
  Il entend une vieille voix
 Psalmodiant l'air d'un ancien cantique.
Tout près d'un ermitage, il entre; il aperçoit
Dans le fond, à genoux, un grand vieillard étique,
  Qui se relève aussitôt qu'il le voit.
Pardon, dit le seigneur, saint homme, je vous trouble!
Depuis quand dans ces lieux? — Ici dix ans et plus,
  Et dans d'autres endroits le double.
— Et sans ennui? — Jamais. — Eh! par quelles vertus?
Je dépense par an, moi, cent bons mille écus
  Pour toujours pouvoir me distraire,
Et pour n'être jamais à moi-même livré;
  Vous, solitaire et désœuvré,
Jamais l'ennui... — Voilà, dit l'autre, le mystère:
Pour arracher la tête à ce ver solitaire,
L'ennui! l'homme du monde appelle à son secours
 Jeux, chasse, intrigue, ambition, amours;
  La religion au contraire,
  Loin d'offrir à ses vrais reclus
De ces frivolités les charmes superflus,
Les nourrit, les repaît de toute leur misère....

Le vrai chrétien qui ne s'abuse plus
Sent ce qu'il a perdu, mais sait ce qu'il espère !
 Le chrétien... Il parlait encor,
Quand le bruit des chevaux, et des chiens, et du cor,
Dissipant du seigneur la sombre rêverie :
 Je vois, dit-il, de la folie,
Jusqu'ici seulement que j'ai suivi le train.
Vous sauriez m'indiquer une meilleure vie.
 Je ne vous comprends pas trop bien ;
Mais je veux revenir,... et peut-être demain.
 Il est toujours temps d'être sage.

 On ne sait si de l'ermitage
 Il a retrouvé le chemin.

Les trois Ménages.

 Grégoire, avec ses sept enfans
 Dont le plus vieux n'a pas quinze ans,
 Tous chevaliers de la manique,
 Faisait résonner de ses chants,
 Matin et soir, et la boutique,
Et le rez-de-chaussée, et l'entresol voisin.
Une santé robuste, un joyeux caractère,
 Chaque jour amenant son pain,
Grégoire et ses enfans, avec sa ménagère

Qui n'est pas mal encor, qui même est encor bien,
  Vivent heureux. Même notre Grégoire
    A sa bonne et chère Victoire
    A sacrifié son lundi;
    Grégoire est un rare mari !

Dans la même maison est un autre ménage,
Rentiers l'homme et la femme, unis depuis vingt ans;
    Mais n'ayant jamais eu d'enfans.
Désœuvrement engendre ennuis, et c'est d'usage
  Que de l'ennui naisse plus d'un dégoût.
    L'ennui, vrai poison domestique,
Se glisse donc parfois chez nos gens, et surtout
Rend l'humeur de la femme aigrement tyrannique.
    L'homme souvent descend à la boutique;
(Du bon Grégoire il est une bonne pratique.)
Et là, riant parfois à se gonfler le flanc,
Il y fait une pinte ou deux de meilleur sang.
Que vous êtes heureux ! disait-il à Grégoire.
    Heureux ! dit l'autre, eh ! mais, j'ai peine à croire
Que vous ne soyez pas bien plus heureux que moi.
    Passe pour ce célibataire
  Qui gît là-haut, au premier, vieux goutteux
    Subjugué par sa chambrière,
    Qui, pour assurer son affaire,
    Éloigne de lui tous neveux,
L'isole absolument de la nature entière,
Et ne le laisse en proie aux ennuis, au remords,

Embrasser que ses coffres-forts,
C'est là qu'une riche misère
Blesse le cœur et fatigue les yeux.
Et ne vaut-il pas cent fois mieux
Être époux comme vous, même comme moi père !
Mais vous, dites-le moi, de quoi vous plaignez vous ?
Femme encor belle, honnête aisance,
Pas de soucis d'enfans ; ah ! voisin, entre nous,
C'est être ingrat envers la providence ;
Craignez d'être puni par quelque rude coup.
Votre femme ?.. — Elle m'aime et je l'aime beaucoup ;
Je l'estime de plus ; et pourtant l'inhumaine
Ne me rend pas heureux, non pas toujours ; hélas !
J'en fais l'aveu. Je lui dis ; mais tout bas,
Ma chère, nous avons passé la cinquantaine,
Pourquoi nous chamailler, et pour des riens ; tout doux,
Que me reproches-tu ? Je ne suis point jaloux,
Ivrogne, ni joueur, encor moins infidèle,
Nous pourrions être heureux, sois toujours bonne et belle,
Allons, voyons, la paix, la main.
(Or cette scène encore avait lieu ce matin.)
Le cœur ému, l'œil humecté, soudain
Elle me donne patte blanche,
Que je baise cent fois ; jamais paix ni traité
Ne fut par l'amour-même aussi bien cimenté ;
Nous sommes jeudi soir, eh bien ! avant dimanche,
Plus d'un orage aura dans la case éclaté.
Et ce, pour quelque maladresse

Qui choque madame, ou la blesse.
C'est un excès de sensibilité !
    Dites excès d'oisiveté,
    Reprend la femme de Grégoire.
Occupez-vous, et vous pouvez m'en croire,
    Le travail à votre union
    Rendra ses premières délices.
Occupez-vous; ce n'est pas sans raison
Qu'on dit l'oisiveté la mère de tous vices.

Les trois Savoirs.

Savoir est bien, savoir faire vaut mieux,
Savoir faire valoir est encor préférable.
    Or, c'est ce que dans cette fable
Il faut prouver. Un savant, jeune ou vieux,
Un homme de génie en chimie, en physique,
Ne sachant trop lui-même en exécution
Mettre les plans hardis de son invention,
    Mourait de faim dans sa boutique.
Il s'associe un artiste fameux
Dont le talent flexible, sûr, heureux
A bientôt mis à la perfection
    De mon savant la moindre ébauche.
    Bientôt, la réputation
Fait accourir, et de droite et de gauche,

Quelques chalands et force curieux.
L'atelier aura vu toute la capitale.
  Mais l'art en vain maints chefs-d'œuvre étale,
    La vente n'en va guère mieux.
Sur le moindre chef-d'œuvre un chacun s'extasie,
Mais le chef-d'œuvre reste, et ce qui fait la vie
Du commerce n'est pas l'éloge seulement.
Enfin, pour remonter leur établissement,
    Le couple savant s'associe
Un brave homme, tout rond; ce n'est pas le génie
Qui chez lui brille, il lit un peu passablement;
Mais depuis vingt-cinq ans le courtage il exerce;
    Il connaît l'esprit du commerce,
Ses allures, ses goûts et ses besoins; enfin
Tout change comme on dit dans un seul tour de main.
Envers un courtisan, pour une belle actrice,
Sachant faire à propos un léger sacrifice,
    La vogue prend, le débit va grand train,
    A la demande on suffit avec peine,
Mille prospérités succèdent à la gêne,
Ministre, ambassadeur, étranger, indigène,
C'est fureur! l'univers voudra de leurs produits.

    De nos travaux pour recueillir les fruits,
    Ce n'est donc pas assez de la science,
        Il faut aussi l'expérience.
    J'ajoute, moi, qu'il faut qu'ils soient bénis
        Par la main de la providence.

Les trois Coupables.

(Synonymes français, art. 257 et 500.)

En France la religion
Ouvrait jadis les portes d'un asyle
Au *repentir*, à la *contrition*,
Au *remords* même; en lumières *fécond*,
    Mais en morale peu *fertile;*
Le siècle de nos jours à telle adversité
    N'offre plus le moindre refuge.
C'est au milieu d'un monde qui le juge
Avec froideur, avec frivolité,
Qu'un cœur, en proie au remords, ulcéré
Par le malheur, requérant à sa peine
Ou l'indulgence, ou quelqu'allégement,
Publiquement porte ou traîne sa chaîne;
Qu'il doit dissimuler ou montrer son tourment,
Oh! que bien plus que la philosophie,
    La charité, dans tous ces cas,
Est de secours! Que mieux elle s'allie
Au désespoir de l'âme, aux peines de la vie!

    Trois hommes, par leurs attentats,
T'avaient perdue, ô toi! paix de la conscience.

Pour les dépeindre il n'est besoin, hélas!
D'aller les chercher hors de France.
Or l'un fut des septembriseurs,
Ou le moteur, ou le complice.
Aussi, quoique comblé de titres et d'honneurs,
Tout chamarré qu'il est de cordons,... quel supplice!
Il ne connaît plus de bonheur.
Oh! s'il pouvait endormir sa misère!
Mais, en lui, malgré lui, tourne le ver rongeur;
Convulsif, brusque, involontaire,
Son poing parfois va torturer son cœur;
Son œil peint le *remords*, laissons-le, il fait horreur.

A trois bancs plus bas, en arrière,
Voyez cet autre, il est grave, on lit sur son front
Que de la vie il a labouré le sillon.
Bien plus que de faiblesse et même d'ignorance
Publiquement il fait de pénibles aveux.
Si ce n'est pas à des crimes affreux
Qu'il doit sa brillante existence,
Ce fut par des moyens plus ou moins tortueux
Qu'il acquit sa grande opulence :
Il voudrait transiger avec sa conscience,
Mais comment? il a des neveux.
Jouet d'une équivoque et vaine repentance,
Cette homme mourra malheureux.

Brillant aussi sur la scène du monde,
Long-temps ce troisième a paru;

Mais en catastrophe féconde
De cette scène il est à la fin descendu.
    A lui-même, au vrai bien rendu,
Faisant de ses devoirs une étude profonde,
Il n'a plus que des pleurs pour un temps, las! perdu
    Dans une indépendance immonde.
Ce que son cœur ressent n'est pas l'affreux *remords*,
C'est le vrai *repentir* dans ses derniers ressorts.
    Après avoir, dans toute sa puissance,
A l'égard du prochain réparé toute offense,
Il s'occupe de lui, de sa trop longue erreur,
Du Dieu qu'il méconnut. Dans sa douleur muette,
    Au sein du monde il est dans la retraite;
        D'une *contrition* parfaite
Il savoure à longs traits l'ineffable douceur!
Car, tout en redoutant le bras d'un Dieu vengeur,
        C'est dans le sein d'un Rédempteur
Qu'il épanche ses pleurs et que son cœur se jette.

Montre-moi, philosophe, une telle douleur.

Les quatre Pourvoyeurs de Caron.

    S'il est dans la société
    Plus d'un préjugé respectable,
Il en est maint dont la rigidité

Peut d'abord être inexplicable.
Ami lecteur, de tel ou tel côté
Vous rangerez celui que j'ai traité
   Comme j'ai pu dans cette fable.
   Quatre exécuteurs de la mort,
Le même jour avaient fini leur sort :
Un fameux médecin, un riche apothicaire,
Un juge au criminel, l'exécuteur enfin.
Tout quatre se rendaient au même cimetière.
    D'Hippocrate et de Galien,
Ab hoc, ab hac appliquant les maximes,
Un demi-siècle et plus, le médecin
    Par millers fit des victimes.
   Le bénévole pharmacien,
Au poids de l'or vendant ses ordonnances,
   Véritables billets de mort,
S'était fort enrichi, n'eût-il eu que ce tort !
   Ainsi qu'en maintes audiences
  On voit tel juge encor qui, s'il ne dort,
Ayant tout l'air de rêver sur son siége
A la pluie, au beau temps, à la grêle, à la neige,
N'en décide pas moins de nous, de notre sort,
  Le notre avait encor le privilége
   D'être juge en dernier ressort
  Au criminel; son étoile fatale
L'avait habitué, sans souci, sans effort,
A toujours prononcer la peine capitale,
  Dont, d'une main impartiale,

Notre bourreau fait l'application.
Les voilà donc tous quatre aux bords de l'Achéron.
Les trois premiers, toujours par bienséances,
Se confondaient en révérences
Pour entrer dans la barque. Oh! oh! leur dit Caron,
Ne les ménagez pas, car ce sont les dernières;
Une fois dans ma barque, adieu rangs et chimères.
Il n'est plus là d'humaine illusion,
Au passé le présent fait prendre une autre face.
En effet, dans la barque à peine a-t-on sa place,
Que de l'âme l'œil peint la situation.
Entre mille portraits souffrez que j'en retrace
Seulement deux ou trois; ah! quelle expression!
Mais on voit le Tartare,.. et plus leur trouble augmente;
Chacun entend déjà la voix de Rhadamante.
Il n'est besoin, je crois, d'allonger le tableau.
Eh bien! croira-t-on que je mente?

L'âme la moins troublée est celle du bourreau.

César et Laridon.

Comment, c'est toi? ton nom est Laridon!
Disait César, chien de chasse, à son frère
Qu'il reconnut n'étant qu'aide d'un marmiton.
A quel abject emploi te réduit-on?

Que dirait notre illustre père?
Laridon, tourne-broche! ô honte! quels destins!
Ne pas quitter la cheminée!
Cependant que mon nom du plus grand des romains
M'assimile à la destinée!
Chaque jour affrontant quelque nouveau hasard,
Ce n'est pas sans raison qu'on m'appelle César.
Un cerf mis aux abois hier, finit ma journée.
Demain, d'un sanglier je ferai ma curée.
Chaque jour maints nouveaux combats,
Et chaque jour... aussi n'es-tu pas gras,
Dit Laridon; crois-moi, cher frère,
Cesse de me vanter ton sort; tu ne dis pas
Les coups que tu reçois, quelle mauvaise chère,
Hors la curée, on te fait faire.
Mourir de soif, haletant de poussière,
Traverser et bois et rivière;
L'heureuse et belle vie! hélas!
Crois-moi, laisse aux humains la sotte gloriole
D'ennoblir, d'avilir les différens états.
C'est le sort seul qui nous fait ici-bas
Jouer à chacun notre rôle;
Je ne vois de honteux que ceux des scélérats,
Encor je ne voudrais les juger sur parole.
Va, je suis plus heureux que toi.

Ce Laridon parlait sagement, sur ma foi.

Le Qu'il mourût !

Entendant applaudir le fameux *qu'il mourût,*
　Un géomètre, un savant, s'il en fut,
Dit : Qu'est-ce que cela prouve ? La passion
Sans doute se mêlait à cette opinion :
En vain on se récrie, il n'en veut rien rabattre;
Dans ce mot il ne voit qu'un trait de fanfaron.
J'aime mieux, disait-il, cette proposition :
　　Deux et deux, combien font-ils ? Quatre ;
　　J'y trouve au moins sens et raison.

　Chacun son goût ; mais, sans comparaison,
　　Entre la rose et le chardon,
On entendit un jour ainsi s'ébattre
　　Doctement maître Aliboron.

Les Ruisseaux et la Seine.

　Les ruisseaux, un jour en colère,
　　Se plaignaient du vaste Océan.
Si l'on n'est pas, disaient-ils, courtisan,
　　Si l'on n'est pas fleuve ou rivière,

On ne peut l'approcher ; pourtant
C'est nous qui le formons ; eh bien ! rentrons sous terre,
Disparaissons , et nous verrons comment
S'alimentera sa puissance.
Déjà , dans leur effervescence,
Ruisseaux allaient rompre leurs cours :
Plus de gazon , plus de verdure ;
Et partant , hélas ! plus d'amours !
La Seine , entendant leur murmure ,
Leur dit : Je crois , mes bons petits amis ,
Que vos projets sont légers et peu sages ;
Quand Phébus n'aura plus à caresser Thétis ,
Quand le ciel sera sans nuages ,
Sur les monts altérés qui versera les eaux ?
Et qui formera les ruisseaux ?
Croyez-moi , reprenez votre plus doux murmure ;
Que chacun regazouille , en son lit argenté ,
Les louanges de la nature ,
Qui fait assez pour votre vanité ,
Puisque vous nous formez et l'Océan lui-même.

Entre le peuple et le pouvoir suprême ,
Telle est la réciprocité.

Les trois Poulains.

Une cavale jeune et belle
Eut trois poulains ; aux deux premiers surtout

On eut soin de choisir un père digne d'elle.
Ce fut un étalon connu, cité partout,
   Des étalons pour être le modèle.
L'histoire du dernier ne parle pas du tout.
Lorsque d'être produit dans le monde vint l'âge,
   Le premier, bouillant de courage,
Creusant le sol, jetant le feu par les nazeaux,
   Fait avec l'un de nos jeunes héros,
Du métier de héros le noble apprentissage.
   L'autre, connu par son jarret,
Devient le lot d'un chasseur intrépide,
   Qui, sitôt que le jour renaît,
   Au sanglier, au renard, au loup, fait
   La guerre la plus homicide.
Après avoir, dans maints et maints combats,
Chargé, brillé, tiré son maître d'embarras,
   Notre moderne Bucéphale,
Le coursier, poursuivait des fuyards; une balle
Jette sur le carreau l'aîné de la cavale.
   Le chasseur, au fond d'un ravin,
Veut poursuivre un renard, choppe et se rompt la cuisse.
La gloire, vous voyez, n'est pas tout bénéfice?
— Et le troisième? — Qui? — Le troisième poulain?
   Ah! ah! celui du faubourg Saint-Martin,
   Mais du moulin il fait toujours l'office,
   Gros et gras, il se porte bien.

Le Boeuf et la Vache.

PREMIER ENTRETIEN.

Tous les deux revenant des champs au ratelier,
N'ayant plus qu'à manger, dormir ou babiller,
Le bœuf, la vache, ensemble un soir, fout la causette.
    La médisance, on le croit bien,
    Fait les frais de leur entretien.
    Le gros Lucas et sa femme Lucette,
    Leurs deux filles, Lison, Lisette,
Et l'âne et le cheval, le mouton et le chien
Passèrent, tour-à-tour, sous leur langue discrète.
    Lorsque le bœuf, (certain auteur
Dit que cet animal fait le déclamateur : [1]
Vous allez en juger,) quand le bœuf dit : Commère,
Devisons quelque brin sur plus grave matière ;
Une ferme vraiment est un petit état.
Voyez Lucas ; ici, comme un vrai potentat,
    Il règne, mais il règne, non pas comme
Tous ces rois de nos jours, qui, cela fait pitié,
Des devoirs et des droits en divisant la somme,
Ne régnent que par tiers, passe encor par moitié.
    C'est aujourd'hui pour le coup sur leur trône

[1] LA FONTAINE. Fable 2, liv. 10.

Que les rois sont forcés de dire : nous voulons ;
    Lucas dit : je veux, et personne
    N'entrave ses intentions.
    Eh mais ! lui répondit la vache,
Je vous croyais jaloux de toute liberté,
Vous devriez aussi désirer, que je sache,
    Que de Lucas l'autorité
    Par tiers, par quart, fût partagée,
    Elle en serait plus allégée.
Oh ! dit le bœuf, par la réflexion
J'ai reconnu de ce fameux système
Le faux éclat et la déception.
Lorsque Lucas exerce par lui-même
Ou par autrui de son pouvoir suprême
    Fait exercer, bon gré, malgré,
    Tant bien que mal la volonté,
Nous n'avons à gémir que d'une autorité.
Que le moindre valet ait à part soi la sienne,
    Chacun de nous sera plus maltraité,
    Ayant des maîtres par centaine.

Le Bœuf et la Vache.

DEUXIÈME ENTRETIEN.

Notre bœuf, tout en ruminant,
A la vache accroupie en son coin ordinaire

Disait : Hier, vous m'avez, ma commère,
Interrompu trop brusquement
Dans un discours que j'allais faire
Sur notre ferme et maint gouvernement,
C'est dommage, j'étais en veine.
Jasons ce soir un peu de cette engeance humaine
Dont l'un et l'autre, il le faut avouer,
Nous n'avons pas à nous louer;
Car de tout temps, de notre espèce,
On a vu l'homme, ingrat, barbare, se jouer
Sans pudeur, sans délicatesse.
Du moins était-ce encor chez les payens
Pour se rendre les dieux propices,
Qu'ils faisaient de nos corps de si grands sacrifices,
C'était mourir au moins sous de sacrés auspices;
Mais chez ces modernes chrétiens,
Plus d'augures, plus d'aruspices;
Quand on a bien, à force de travaux,
De coups, usé notre jeunesse,
Au lieu de nous laisser jouir dans la vieillesse,
Jusqu'à la mort, d'un honnête repos,
C'est pour nous vendre à nos bourreaux
Que notre maître nous engraisse;
Oh! que les hommes sont méchans!
Et moi, dit notre Io, « dont le lait, les enfans, »
Comme le dit monsieur de La Fontaine, (1)

---

(1) Fable 2, livre 10.

« Le font à la maison revenir la main pleine, »
    Le même sort que vous m'attend.
Encor, reprend le bœuf, un taureau vif, ardent,
Vous procure parfois le bonheur d'être mère.
— Hélas ! dans la quinzaine on me prend mon enfant.
     — Votre cœur peut souffrir, ma chère,
    Mais il n'est pas indifférent ;
Quand le mien dégradé ne connaît que misère !
    Homme cruel ! et de quels droits,
   Chez moi, plutôt qu'en ce taureau, mon frère,
De la nature as-tu pu violer les lois ?
    Vengeance ! éternelle vengeance !...
Et notre bœuf beuglait avec fureur. Silence,
   N'éveillez pas notre maître qui dort,
    Dit la vache, avec patience,
   Je dirai même avec indifférence,
    Quel qu'il soit, souffrons notre sort.
   Puisqu'encor, bien que vous soyez plus fort,
Vous êtes sous la main de l'homme, en sa puissance,
Dans cet ordre de chose on voit la providence,
La fronder ou s'en plaindre, est pour le moins un tort.

Le Boeuf et la Vache.

TROISIÈME ENTRETIEN.

Savez-vous bien, mon gros compère,
    Que je suis encore en émoi
De vos cris d'hier soir; tudieu, qu'elle colère!
    Disait la vache au bœuf. — Las, malgré moi,
      L'égoïsme, l'ingratitude,
Cet abus du pouvoir que malgré sa raison
Fait l'homme, de mes sens troublent la rectitude.
    Mais avec la réflexion,
    (Vous le savez, notre condition
De la philosophie amène l'habitude;
    Ésope, Phèdre étaient en servitude.)
    Je me suis dit que si cet univers
N'était qu'un amas brut de raison, de travers,
    De biens, de maux, de force, de faiblesse,
      De justice et d'iniquité,
    Se combattant, se détruisant sans cesse,
    Il n'aurait pas si long-temps existé;
    Qu'on doit y voir la main d'une sagesse,
D'une... s'il eût poussé ses argumens plus loin,
Comme Io, mon lecteur ronflerait dans son coin.
    Mais c'est Lucas qui vient faire sa ronde,

Donnant ses ordres à son monde.
N'oubliez pas, dit-il, demain
De mener au Robin, la Blonde,
Et ce bœuf chez maître Haut-la-Main ;
Il le trouve assez gras ; puis il murmure, il gronde,
On n'a nulle part araigné ;
De ce roussin le poil n'est pas peigné ;
Tout dans l'étable est mal soigné ;
Il faut qu'en ses devoirs un chacun le seconde ;
Ce qu'on aime le mieux c'est le voir éloigné.
Bref, il part : notre bœuf s'écrie : Eh bien ! commère,
Demain, tous deux, nous aurons notre affaire.
— Las ! dit Io, votre condition
— Vaut la vôtre ; j'aurai végété sur la terre
Quelques momens de plus qu'un champignon ;
De mes ennuis le sort aura comblé la somme ;
Sans vous congratuler de votre heureux destin,
Adieu, voisine, en attendant demain,
Je vais tâcher de faire un petit somme.

Mort d'Io.

Triste, abattue, ayant trop de chagrin
Pour avoir du Robin trouvé l'approche aimable,

Io revenait à l'étable,
Pensant bien moins au beau Robin,
A sa vive et tendre accolade,
Qu'à son ancien camarade
Qu'elle voudrait soigner encore !... Mais en vain !...
Son vieil ami n'est plus malade.
Elle l'aimait comme une sœur;
Peut-être il tranchait trop, (et qui n'a sa manie),
Du philosophe et du déclamateur;
Mais il avait un si bon cœur;
Et, malgré sa misanthropie,
Il supportait avec tant de douceur
Des valets l'injustice et du maître l'humeur.
Triste, abattue, en son coin solitaire
Io prêtait encor l'oreille à ses discours,
Qu'elle seule trouvait même parfois trop courts,
Qui l'endormaient parfois, qu'elle ne comprend guère,
Mais qui l'intéressaient toujours;
C'était la voix d'un vieil ami, d'un frère.
Qu'arriva-t-il? Notre Io devint mère;
Mais de l'amour ayant mal partagé les feux,
L'amitié de son cœur réglant seule les vœux,
Elle n'a pu remplir le vœu de la nature;
Elle expire, elle, et sa progéniture;
Le nom de son bon frère expire dans sa voix!

Voilà, pour la seconde fois,
Que je présente dans mes rimes
Deux animaux de l'amitié victimes,

Plutôt qu'en nos foyers, plutôt que sous nos toits,
  Ce sera bientôt dans les bois
Qu'il me faudra chercher ces exemples sublimes.

LIVRE HUITIÈME.

Rencontre

De deux vieilles Connaissances dans une rue de Paris.

C'est vous ! et qu'a-t-on fait de ce ventre cité
    Pour son ampleur et sa rotondité ?
— Il est fondu, fondu dans moins de six semaines.
    — Eh mais ! mon cher, des Alpes aux Ardennes,
Sans débrider, quand on aurait couru,
    On ne serait pas plus fondu.
    Et la santé ? — Mais, pas mauvaise,
    Je ne souffre pas, Dieu merci !
— Oh ! oh ! la mine est bien un peu fondue aussi.
Je le vois, au morale vous avez du malaise.
Vous n'êtes pas heureux dans ce beau pays-ci.
Vous vous abandonnez à la crainte, à la peine,
Comme votre patron, l'ami Jean La Fontaine,
De par de-là les ponts chassez-moi le souci,
    Et chantez la faridondaine.
    — Mais l'ami Jean n'était pas sans ami ;
Son siècle n'était pas le siècle d'aujourd'hui ;

Les Sévigné de plus et les La Sablière
    Prenaient le soin de ses moindres affaires.
    — Oui ; mais, malgré tous ces aimables soins,
De terre chaque année il vendait quelques coins.
    — Il aurait bon besoin aujourd'hui de ses terres.
    — Oh! par le temps qui court, au siècle de lumières,
        S'il n'avait pour tout gagne-pain
Que ses contes badins, que ses fables légères,
        Au dire de tous les libraires,
        Il pourrait bien mourir de faim.
Mais, que dis-je? bon Dieu! n'est-on pas fabuliste?
Adieu, mon cher, je cours... Il faut être à la piste
Des gens, en ce pays, comme au bois, du lapin.
Si vous venez me voir, que ce soit du matin.

    Tel est le frivole entretien
Qu'en courant j'eus hier avec un journaliste.
    De parvenir il est en bon chemin :
Aussi de l'aller voir je me garderai bien.
Je gage que d'hier il m'a mis sur la liste
De ceux qu'il ne ménage ou qu'il n'oblige en rien.

Excellence du Courage.

(Synonymes français, art. 274.)

A cette force d'âme, à cette fermeté,
Que nul événement, que nul danger n'étonne,

On dit qu'un jour, et sagesse et beauté
Voulurent décerner chacune sa couronne,
   Bientôt on vit s'approcher de leur trône
     Maint officier, maint soldat,
Français surtout ! ayant prouvé dans maint combat,
    Valeur, et *bravoure*, et *courage;*
De la force de l'âme annonçant tous les droits.
   Pour disputer deux prix, les voilà trois.
Or, par entraînement, bien plus que par usage,
   Comme en tous temps, encore cette fois,
   Par la beauté valeur fut couronnée.
Sagesse alors à bravoure étonnée
    Donna son prix. Quoi ! dira-t-on ?
    Et le courage ? Oh ! le courage
N'a nul besoin de prix ni d'aiguillon.
Sur ses deux sœurs n'a-t-il pas l'avantage
    Et du calme et de la raison ?

La Peinture et la Poésie.

Tous deux instruits, passionnés, charmans,
Edmon le peintre, et Jules le poète
   Etaient l'honneur des jeunes gens.
   Nulle rivalité secrète
   Ne troublait leurs divers talens;
   Ils s'aimaient d'amitié parfaite.

Quand, un soir, dans un entretien
Familier sur les arts, la science,
Entre les arts du peintre et du poète, enfin,
Dans un salon, quelqu'un, sans importance
Leva la question de la prééminence.
Chacun, chacune, on le devine bien,
De sentimens et d'avis se partage.
Edmon eut son parti comme Jules le sien.
A leur bonne amitié, je gage,
Cette rivalité ne nuit encore en rien.
Edmon même s'écrie : Eh bien ! Jules, toi-même
Choisis une description
Courte, à notre talent qui présente un emblême,
Et qui pourra vider la question.
Tu le vois, sans ambition,
A ta muse je rends hommage comme mienne.
Jule apporta ces mots le lendemain.

Description d'un Cheval fougueux.

« A ses hennissemens, à sa brûlante haleine,
» Indigné du repos, comme il ronge son frein,
» Mais du maître bientôt il devine la main,
» Bondit, creuse le sol, s'élance, et dans la plaine
» Il a franchi la haie et le ruisseau lointain. »

Chacun goûte du vers et la coupe et l'image ;
Edmon demande quelques jours
Pour travailler et finir son ouvrage.

Ne pouvant présenter le trait dans tous ses jours,
   Et saisir qu'une circonstance,
Il a peint le coursier fougueux quand il s'élance.,.
Mais du bel animal le portrait est fini.
   Sur lui, chacun est suspendu, ravi !
— Enfin le jugement de votre compagnie ?
— Au poids de l'or l'estampe se vendit.
   — Et les vers ? — Les vers, on les lit.
Jule eut sa part de gloire, Edmon eut le profit.

   Eh ! n'est-ce pas le tableau de la vie ?
     C'est aujourd'hui, comme en tout temps,
     Sur l'œuvre simple du génie
     L'éternel triomphe des sens.

Le Mot royal.

Un grand Roi, j'oserai dire plus, un grand homme
   En France a dit : « L'état, c'est moi ! »
   Convenez-en, de bonne foi,
Jamais l'antiquité, jamais la Grèce ou Rome
Ont-elles soupçonné ce que ce royal mot
   A de doux, de grand, de sublime ;
Et pourtant chaque jour on entend maint marmot
A son auguste auteur oser en faire un crime !
   Les républicains orgueilleux

Disaient : L'état, c'est *tous*. Vraiment ? les bons apôtres !
Des deux autres pouvoirs les membres chatouilleux
Disent : L'état, c'est *nous !* Eh oui ! vous et les vôtres !
    Mais, quand un digne souverain
A dit : L'état, c'est moi, j'entends, je vois un père
    Pressant, serrant contre son sein,
Et ses enfans et la famille entière.

Chloris et sa Tante.

    Une parente de province,
Une tante, je crois, se trouvant à Paris,
  (Dans un état à vrai dire assez mince)
    Alla voir la belle Chloris
Sa jeune nièce. Or, elle avait près d'elle
Un sien cousin, un merveilleux, un beau,
Qui s'apprêtait à prendre son chapeau
Pour faire place à la sempiternelle.
    En vain Chloris lui fait des yeux,
Des signes où sont peints le dépit, la colère,
Lui disant qu'elle va promptement se défaire
    De ce tiers maussade, ennuyeux.
    Mais, malheureusement, dans la glace
  La tante a vu son espiègle grimace,
    Et, femme aussi, pour s'amuser,
    Elle prolongea sa visite

De la façon la plus hétéroclite.
Et puis, priant Chloris de bien en excuser
    La longueur extraordinaire,
Elle dit qu'elle a cru devoir la prolonger,
    Vu que ce sera la dernière.
    Chloris, bien moins bonne que fière,
    De sa tante, pour se venger,
    Flétrit partout le caractère.

Et l'on dit que Chloris n'a que le ton léger.

Tamerlan au bain.

Le vrai grand, le héros lui-même,
Appréciant le monde ce qu'il est,
Ne sont pas éblouis de leur grandeur suprême.
Un émir, un aga, que sais-je, un sous-préfet,
Tout agent même obscur d'un agent subalterne,
Dans leur petit canton veulent produire effet.
    Du plus grand conquérant moderne
Qu'ils viennent recevoir la leçon. Tamerlan
    Prenait le bain. Maint et maint courtisan
L'accompagnaient avec Almhédi son poète.
    Se trouvant sans doute en goguette,
    Tamerlan s'écrie : Almhédi !
    Autant que nous sommes ici,

Figure-toi que nous sommes à vendre,
A l'enchérissement chacun pourra prétendre,
Mets donc chacun de nous à prix.
L'injonction est chatouilleuse;
Mais il est de certains esprits
Sachant donner à tout une tournure heureuse.
Almhédi, qui connaît messieurs les courtisans,
Les estime chacun suivant son caractère,
Aux plus sots, comme aux plus méchans,
Donnant l'estime la plus chère.
Et moi, dit Tamerlan, combien m'estimes-tu ?
Trente cinq aspres, dit soudain l'autre. — Imbécile,
Trente-cinq aspres, as-tu bu?
Tu fais un connaisseur habile;
Le linge que je tiens seul en vaut la moitié.
Aussi dans mon estime est-il apprécié!
Lui repart Almhédi. Chacun reste immobile;
Mais Tamerlan riant le premier aux éclats,
Ce ne fut dans le bain que joyeux brouhahas.
Chacun loue Almhédi de la façon subtile
Dont il fit voir qu'à prix l'on ne doit mettre pas
Ce qu'on juge soi-même être inappréciable.
Il fut récompensé, mis de tous les galas.

L'indépendance à moi m'eût paru préférable.

~~~~~~~~~~~~~~~

L'Indépendance.

Par les seuls droits de la naissance,
La caste tigre à la cour du lion,
De siècle en siècle, avait la préséance.
Ongle et dent soutenaient cette prétention.
De siècle en siècle aussi, l'usage et l'ignorance
Asservissaient la nation.
Tigres usaient de leur puissance,
En abusaient même, et parfois
Contre les rois.
Mais par l'instinct, ou plutôt par maint sage,
La nation éclairée, à la fin
Veut améliorer son être, son destin,
De la liberté faire un naturel usage.
Il fallut guerroyer; et, vous le pensez bien,
C'est à travers des flots de sang, dans le carnage
Qu'elle put adoucir son sort.
Mais c'est surtout la raison, la sagesse,
C'est la paternelle tendresse
De deux lions, secondant son effort,
Qui l'ont fait parvenir au port.
Plus de caste, et partant, mieux que jamais, sans cesse
Le peuple avec son prince est en relation.
Oh! bah! disait quelque tigresse,

C'est toujours de l'ambition ;
La naissance et la force ont fait place à l'adresse.
Adresse soit, mais chaque espèce
Successivement de ses rois
Peut approcher sans crainte, sans bassesse,
Les entourer de respects, d'alégresse :
Elle est donc plus heureuse qu'autrefois.

Je te salue, indépendance !
Indépendance ! ô toi, que trop long-temps
Je redoutai.... comme licence.
Ne sais, hélas ! si, vers mes derniers ans,
Comme je te conçois, ainsi que je te sens,
De toi j'aurai la jouissance.
Mais, sur mon beau pays, sur cette noble France,
Pareille aux cèdres les plus beaux,
Je te vois à jamais étendre tes rameaux.
Puissent, après leurs mutuels travaux,
Appréciant tes douces influences,
Se reposer sous tes ombres immenses
Et le berger et ses troupeaux !

Concessions de Moelibée.

De temps, certe, immémorial,
Puisqu'à la naissance du monde

Tout antiquaire impartial
Le fera remonter; sur la machine ronde
Où tous, homme ainsi qu'animal,
Nous végétons, tant bien que mal;
Dans la sécurité, la paix la plus profonde,
Sous un maître et ses chiens, en troupeaux réunis,
Vivaient et moutons et brebis.
Lorsqu'un esprit de lumière, que dis-je?
C'est bien plutôt un esprit de vertige,
Dans mon pays vint de ces animaux
Éclairer ou troubler les mobiles cerveaux.
Puisqu'il est, disaient-ils, dans notre destinée
D'avoir un maître, eh bien! que Mœlibée
Sur les nôtres et nous conserve le pouvoir :
Que par amour, autant que par devoir,
Contre les loups son bras persiste à nous défendre;
Et qu'il continue à nous prendre
Notre lait, notre laine et nos agneaux, hélas!
Mais, il ne persistera pas
A prétendre juger et mieux que nous connaître
L'herbe qui nous convient le mieux.
En liberté qu'il nous laisse donc paître;
Et, parmi nous, que plus ou moins nombreux
Un conseil soit choisi, qui, libre, et sur les lieux,
D'une façon plus sûre et plus immédiate,
Nous octroîra ce qui nous convient ou nous flatte.
Nous n'en serons que mieux, partant plus gras;
Bien plus soyeux sera notre lainage.

Que Mœlibée accède à cet apprentissage
De nos libertés, et, certe, il n'y perdra pas.
Mœlibée à leurs cris céda ; fut-il plus sage ?
Qu'en résultera-t-il ? Du choix du pâturage
    Que, tout mouton ayant la liberté,
        Chacun tirant de son côté,
    Et le plus loin qu'il le pourra, je pense,
    Pour mieux jouir de son indépendance ;
Que, n'étant plus astreints à la même pitance,
Plus chacun en plein champ pourra prendre d'ébats,
    Et plus entr'eux il naîtra de débats ;
Plus ils s'écarteront, plus le loup doit en prendre.
C'est surtout au bercail, quand il faudra se rendre,
    Que l'on entendra de beaux cris.
    Tels dans les champs voudront passer les nuits,
D'autres voudront encor paître un coin d'herbe tendre :
C'est trop tôt, c'est ceci, cela, c'est tout ; enfin
    Berger et chien ne sait auquel entendre,
Le troupeau pourrait d'eux se passer à la fin.

Mœlibée un peu tard ainsi pourra comprendre
    Que dans toute société
    Il ne faut pas trop tôt détendre
    Les liens de l'autorité,
    Et que, de la seule unité,
Tous les pouvoirs épars doivent dépendre. (1)

_____

(1) Synonymes français, art. 129.

Les trois Pièces de Terre.

De terre trois petits morceaux
Étaient l'un à côté de l'autre,
Séparés seulement par quelques arbrisseaux.
Quel destin pourtant est le nôtre,
Disait l'un d'eux à son voisin,
Et qu'il me paraît misérable;
Bêché, fouillé, sarclé soir et matin;
Un maître avide, insatiable,
Qui vous tourne et retourne; enfin, chaque saison
C'est nouvelle métamorphose.
C'est ceci, c'est cela, c'est toujours quelque chose.
C'était carottes à foison
L'an dernier, celui-ci c'est de la betterave;
Et pour tout repos le sainfoin.
C'est être aussi par trop esclave.
— Vraiment, lui répond l'autre coin,
Ta plainte est bien déraisonnable :
S'il travaille, ce maître actif, infatigable,
C'est pour son intérêt, soit; mais pourtant convien
Que c'est bien aussi pour le tien.
Faut-il donc ainsi qu'on oublie
Les bienfaits! Ses soins diligens
Nous protègent contre les vents

Et les insectes malfaisans;
Il supplée au défaut de pluie,
Et jusqu'à cette loque et ses petits grelots,
Grand épouvantail des pierrots,
Nous jouissons de sa moindre industrie;
Aussi nous le payons par des fruits bons et beaux,
Qui le nourrissent. — Bah ! lui crie
Un autre coin de terre en friche, tu produis,
Il est vrai; mais, mon cher, que la poire ou la pomme
Que tu produis devienne ou du ver ou de l'homme
La pâture, dis-moi, que t'importe ? Pour fruits,
Moi, je ne rends que ronce ; eh bien ! s'il faut le dire,
Je me passe fort bien, ma foi, de ne rien produire,
Je suis indépendant ! — Tu ne l'es pas, vraiment,
Et cent fois moins que nous, dit l'autre vivement,
Ces vers, cette foule d'insectes
Qui rend ton sol ingrat et tes herbes infectes,
Que fait-elle en ton sein ? Dis-le nous franchement
Elle te mine sourdement ;
C'est elle qui te remue et te fouille,
Pompe tes sucs, et t'épuise, et te souille.
Pour toi l'année est sans printemps.
Quand une bienfaisante, une habile culture
En toi pourrait aider, enrichir la nature,
Pomone est pour toi sans présens.

Apprenez de-là, mes enfans,
Que si l'oisiveté, mère de l'ignorance,

Et des vices par conséquent,
Affecte un orgueil important,
Le travail seul, et le travail constant
Mène à la vraie indépendance.

Mon Briquet.

Par le froid rigoureux qu'il fait,
Je m'échinais, depuis un grand quart d'heure,
A battre, à battre mon briquet :
Mainte étincelle en jaillissait ;
Mais sur mon amadou pas une ne demeure ;
J'y mets pourtant toute ma volonté,
Tout mon talent et toute ma science.
Enfin, dans mon impatience,
J'allais jeter le tout à vingt pas de côté,
Quand le hasard en fixe trois ou quatre
Sur l'amadou que j'étais las de battre.
Lors, sous mon bois bien disposé
Avec maint objet inflammable,
Je mets une allumette où le soufre embrasé,
Pétillant, puant bien en diable,
Fait merveille, et bientôt je vois dans mon foyer
Le plus chaud le plus vif brasier.

J'attends mon vieux docteur, colon de Saint-Domingue,
Grand amateur de la douce meringue

Il doit venir avec moi déjeûner.
C'est lui, j'entends son pas, sa toux sexagénaire;
   Diable! il a son vieil habit neuf,
   Il me fait un honneur insigne.
   — Bonjour mon vieux. — Bonjour mon digne,
Eh bien! c'est du quarante, ou du quatre-vingt-neuf;
   Dix-sept degrés. — Vraiment! — Mon thermomètre
   Est passé seize, et, sans me compromettre,
   Je puis en accuser dix-sept.
   Le bon feu! vrai, c'est un objet
   Que chez vous l'on traite à merveille.
   (Il s'en approche.) Ça réveille,
Dit-il, en tisonnant. Sur ce mince sujet
De mots obséquieux il flatte mon oreille.
Mon âge, me dit-il, aime à tirer de tout,
   De plus ou moins, certaine conséquence :
   Je suis sûr que votre prudence
Des plus grands embarras vous fait venir à bout.
Dans ces propos déjà rien ne me semble étrange.
Dans ma prospérité mon mérite a tout fait;
Comme tel parvenu, j'allais, ingrat, benet,
   A longs traits gober la louange,
Sans faire en tout cela la part de mon briquet.

Le Bouc et le Serpent à sonnettes.

(Synonymes français, art. 817.)

A travers la foule brillante
D'animaux tous agréables, polis,
Qui du lion rendait la cour charmante,
   Certain vieux bouc était admis.
   Dans quelqu'occasion urgente
Au lion il avait donné de bons avis;
Aussi, le courtisan le loue et le ménage,
Il est en grâce, il a son entrée au palais;
   A ses vertus tout haut l'on rend hommage,
   Même à sa longue barbe... mais
Au beau sexe plus franc, plus vif ou plus volage,
   Il ne plaît pas, il sent par trop mauvais :
Il est si sale! aussi ne fait-il que paraître,
   Se retirant aussitôt qu'à son maître
   Il a fini son doigt de cour.
Il n'en est pas ainsi du serpent à sonnettes;
   Sur sa tête il a des aigrettes;
Sur lui-même il se plie et fait maint et maint tour;
De sa langue fourchue avec art il distille
Propos plus doucereux que la plus douce idylle;
   Sa robe est de mainte couleur;

Sa robe plaît à l'œil, sa langue parle au cœur.

    Du beau sexe il tourne les têtes :

    C'est tous les jours de nouvelles conquêtes.

    Mais, en fascinant tous les yeux,

C'est tous les jours aussi de nouvelles victimes.

A des crimes anciens joignant de nouveaux crimes,

    Insinuant son venin en tous lieux,

S'il ne s'étourdissait sur sa vie exécrable,

A lui-même bientôt il serait *odieux*.

    Quoique très-fort recommandable

   Par le mérite et par la probité,

    Souvent, dans la société,

Un travers, un défaut vous rendent *haïssable*.

Les Supplices.

Lier sur un cadavre un être plein de vie,

    L'y laisser expirer de faim,

   Voilà pourtant à quelle barbarie

    S'est pu porter le cœur humain.

Peut-être l'inventeur de cet affreux supplice

S'est complu, s'est souri dans son invention?

Le monstre !

      Après dix ans du plus loyal service,

   Le renard, visir du lion,

Dans une conspiration :
Trama, pour se venger sans doute d'un sévice.
Le lion, outré de courroux,
Pouvait faire expirer le traître sous ses coups,
Il voulut qu'on trouvât des supplices capables
D'effrayer désormais les traîtres, tous auteurs
De conspirations, ces illustres coupables,
Plongeant aveuglément l'état et leurs semblables
Dans un abîme de malheurs.
Il convoque ses gens; courtisans et flatteurs
Pour complaire au lion n'ont qu'à sonder leurs cœurs.
Le tigre proposa le supplice des auges :
Le tigre en reçut maints éloges.
De-là nous vint la scie et l'écartellement,
Le plomb fondu dans les entrailles,
De tortures maint instrument,
Le chevalet, les crochets, les tenailles.
Chacun renchérissait en projet assassin;
Le bouc seul ne proposait rien.
Le regardant d'un œil sévère,
Le roi lui dit : Je vous ai vu sincère,
Votre silence! — Sire! — Eh bien!
En mainte occasion votre avis sut me plaire.
— Sire! — Finirez-vous? Est-ce pour aujourd'hui?
— Sire! Sire! pardonnez-lui!
— Pardonner! du lion ce mot trouble la face.
Déjà le courtisan dit tout bas, qu'elle audace!
Le vieux bouc poursuit librement:
Pour être trop clément, l'on n'en est pas moins juste.

Pour ce nouveau Cinna, soyez un autre Auguste.

L'affreux remords, n'en doutez nullement,

L'affreux remords, qui jamais ne s'efface ;

Est d'un cœur torturé le plus cruel tourment.

Le lion pardonna, le renard eut sa grâce ;

Et le bouc ? — Resta bouc, vieux bouc, comme devant.

Le Bouc et le vieux Lion malade.

Celui-là, certe, a mauvais cœur,

Qui n'est pas désarmé quand il voit le malheur

De celui dont il croit même avoir à se plaindre.

Ce bouc que l'on a vu bien venu du lion,

Franc du collier, n'ayant jamais su feindre,

Il n'est besoin de dire en quelle occasion,

De son maître s'était attiré la disgrâce.

A dire vrai pourtant, ce maître, sans pitié,

A la haine d'autrui l'avait sacrifié.

Mais, tout sage qu'on soit, quoiqu'on dise et l'on fasse,

Quand une fois l'on goutta le poison

Des cours et de l'ambition,

On ne peut plus rester sans faveur et sans place :

Notre bouc veut remordre encore à l'hameçon.

Allons, dit-il, revoir cet ancien maître,

Le temps, ma situation,

Et même la réflexion

Auront pu l'adoucir peut-être.

Il part; au fond d'un antre il voit sire lion
Presqu'aveugle, goutteux, gisant sur la litière.
Hélas! dit-il, quelle misère!
Il est plus à plaindre que moi;
Puis, il continue à part soi :
N'allons pas l'émouvoir de ma jérémiade;
Dans cet état souvent l'âme a d'un rien effroi.
Sans dire plus, notre bouc rétrograde.

Plus d'un ambitieux, je croi,
Sans l'imiter, rira du camarade.

~~~~~~~~~~~~~~~~~~

Sacrifice du Bouc.

Du jour qu'il a perdu celle qui lui fut chère,
Le monarque des bois, toujours veuf, désolé,
Pour la neuvième fois fêtait l'anniversaire;
Lorsque paraît devant sa majesté
Un bouc encor vert, mais respirant la misère,
Boiteux, presque sans barbe, aux trois quarts écorné.
Le roi lui dit avec bonté :
Dans ma cour as-tu quelqu'affaire?
Que veux-tu? — Sire, ou justice ou pitié :
Auprès de feu votre auguste grand'père,
J'eus le malheur d'être disgracié;
Et si bien que je fus des premiers sacrifices,

Qu'aux mânes de votre moitié,

Pour de là-haut nous les rendre propices ,

Offrirent votre amour et vos sujets. Hélas!

Ne sais comment mi-mort je restai sur la place;

Les sacrificateurs étaient sans doute las.

Ne sais si j'en dois même aux dieux rendre une grâce ,

Car, j'ai si fort souffert et souffre encore depuis ,

Que j'attends de votre justice

Ou des pressans secours, ou d'être réadmis

A quelque nouveau sacrifice.

Le roi touché , de ce bon serviteur

Pour alléger les maux , rumine dans sa tête

Quelques moyens , les rumine en son cœur;

Mais, tout lion qu'il est, il n'est maître et seigneur

Qu'à peu près; tel ou tel , ceci, cela l'arrête.

Eh ! grand roi, lui dit le renard,

C'est trop vous occuper de cette pauvre bête;

Laissez-nous en le soin; et tôt ou tard....

Il en prit soin , vraiment, mais en ayant égard

Qu'au second vœu de sa requête.

Les victimes manquant , soit dessein , soit hasard ,

Par son sang répandu l'on termina la fête.

J'ai voulu dans ces vers peindre le triste sort

De tout solliciteur près des grands de la terre;

Qu'en obtient-il souvent dans sa misère?

De la dérision, las ! autant vaut la mort.

Le Loup et le Renard.

Un renard, il était tout aussi fin qu'un autre,
   Il n'était pas moins bon apôtre,
   Et pourtant, lièvre ni lapin,
Depuis huit jours n'avaient remonté sa cuisine.
  Il n'avait pu de la ferme voisine
  Écornifler le plus chétif poussin.
  De mourir donc et de mourir de faim,
   Notre renard avait la mine.
  Dans cet état, il est fort naturel
   Que l'on fasse amende honorable
  De ses délits passés : le pauvre diable,
  En gémissant, se confesse coupable
  De maint méfait plus ou moins criminel,
Que la nécessité même ne justifie.
A ces amendemens bien simple qui se fie;
Si Guillot ou son chien étaient moins surveillans,
   Si le gibier était plus abondant,
Renard, tu menerais le même train de vie.
Combien d'Antiochus pour un vrai pénitent !
Dans ce flux de pensers l'un à l'autre contraires,
   Il se rappelle que le loup
   Ces jours derniers fit un beau coup,
Qu'il l'aperçut traversant les bruyères

Avec un mouton sur son dos.

Parbleu, dit-il, n'aurait-il que des os,

    Il peut soulager ma misère ;

Du vieux Moufflard il fut le généreux appui ;

    Je puis trouver du secours près de lui,

        Moi son voisin et son compère.

        Au milieu de vastes débris

        Qui jonchent encor son pourpris,

    Messire loup se repose et digère.

D'un air humble d'abord renard entre en matière ;

        Puis il s'échauffe en ses récits,

Auxquels, solliciteur adroit, le drôle allie

    Sur le bonheur du loup maint compliment,

    Sur ses vertus, dose de flatterie ;

        A peine si le loup l'entend.

Voyant que sans succès reste son éloquence,

        Il allègue la providence.

        La providence n'est qu'un mot,

        Grogne le loup, bon pour le sot.

    Force, industrie, active vigilance,

        Voilà toute ma providence ;

    Si tu n'as rien à mettre sous la dent,

    C'est de ta part, faute de prévoyance,

C'est manque de moyens, sottise ou lâcheté.

    Là, là, reprend notre renard, compère,

        Tant que la chose a bien été,

De moi seul, comme toi, j'attendais mon affaire.

L'orgueil nous rend ingrats, comme l'excès des biens.

Tu méconnais, toi, loup, la providence !
Plus que moi, de quel droit es-tu dans l'abondance ?
En notre sort pourquoi si grande différence ?
Que sais-tu s'il n'est pas dans ses profonds desseins
De te fournir, à toi, tous les moyens
De rétablir entre nous la balance.
Tremble d'être puni, puisque tu n'en fais rien.

Cette morale peut, je pense,
S'appliquer à plus d'un chrétien.

Association du Loup et du Renard.

Du renard la rude apostrophe
De maître loup troubla la digestion :
On peut être esprit fort sans être philosophe,
L'égoïsme parfois nous tient lieu de raison.
Notre loup donc est dans un trouble extrême ;
Qu'avait besoin, se dit-il à lui-même,
Qu'avait besoin cet aigrefin,
De venir me chanter sa sotte kirielle,
De venir ?... Mais j'eus tort moi-même, il avait faim
Un os pouvait calmer sa misère cruelle ;
Qui sait un jour, (s'il n'est pas mort,
Le renard est madré n'étant pas le plus fort),
Qui sait s'il ne peut pas me joindre de plus belle.

Envers lui j'eus tort l'autre jour,
Il peut avoir une meilleure chance;
Et, comme il dit, sa providence,
Au même état que lui peut me mettre à mon tour.
Dans mon système ayons, nous, de la prévoyance.
Comme de juste, rien pour rien;
Mais il est dangereux et fin,
Avec lui faisons alliance,
Que pour l'avenir un chacun
Travaille à l'intérêt commun.
Au renard donc il va présenter son excuse,
Puis il parle de son projet.
Renard d'abord croit y voir une ruse;
Puis accepte, y trouvant aussi son intérêt.
Renard et loup! La bonne compagnie!
Dira-t-on; pourquoi, je vous prie,
Est-il besoin de sympathie,
D'honneur, d'estime en semblable lien?
Dans celui même de l'hymen
Qui nous enchaîne pour la vie
Ce que chacun entrevoit, c'est le bien.
Voyez vingt unions, voyez en cent, dix mille,
Et répondez-moi, s'il vous plaît,
S'il en est une, une seule qui n'ait
L'intérêt pour premier mobile.

Prospérité

Du Loup et du Renard associés.

Nous avons vu le loup et le renard
  Entr'eux contracter alliance,
  Où l'estime et la bienveillance,
  Bien moins que l'intérêt, ont part;
C'était chez eux calculs de prévoyance,
  Vivant donc en communauté,
Et craignant moins du besoin la disgrâce,
Par un chacun, avec fidélité,
Dans un charnier commun est apporté,
Soir et matin, le produit de la chasse.
La fortune sourit à leur société;
  Et le bonheur augmentant leur audace,
  Ils sont bientôt la terreur, les fléaux
    Des poulaillers et des troupeaux.
  Discorde entr'eux ne trouvera de place,
    Tant qu'ils seront gorgés de biens.
  N'en est-il pas ainsi chez les humains?
Avec amis, parens, c'est tous les jours ripaille,
Par l'amour le plus tendre ils paraissent unis;
    Mais que mouton, lapin, volaille
Devienne rare, entr'eux gare le chamaillis.

Nous allons voir qu'entre ces deux amis
Cette chaleur n'était qu'un feu de paille.

Malheur du Loup,

Rupture de la Société.

Revenant au charnier sans sa charge ordinaire,
Le loup dans un piége un soir est arrêté.
    Un animal utile ou débonnaire
    Y serait sans doute resté.
Notre loup, non sans peine, à la fin s'en retire,
    En y laissant, il faut tout dire,
    Un membre, je ne sais lequel;
Mais, il évite alors un destin plus cruel.
    D'ailleurs un loup, suivant le vœu d'Achille,
    Ne doit pas mourir tout entier.
Tant bien que mal, ayant besoin d'une béquille,
    Le voilà donc de retour au charnier.
Il se félicitait, en chemin, en lui-même,
    D'avoir prévu ce fatal accident.
Mon digne associé, dit-il, m'estime et m'aime!
En effet, le renard se livre, en le voyant
        Clopin, clopant,
    Au désespoir, avec tout le vacarme
D'un héritier qui perd quelque riche parent.

Après huit jours de soins pleins d'une douce alarme,
Toujours la même étant la consommation,
Il fallut réparer la diminution
    De la provision commune.
Renard, seul pour tous deux, doit donc tenter fortune.
D'une poule bientôt il a tordu le cou.
    Vous croyez, vous, pour son ami malade
Qu'il court la mettre au pot? Nenni; le camarade
Se fait cet argument : Où vas-tu? maître fou?
      Est-ce que compère le loup
Prétend qu'à l'avenir pour deux, seul, je m'échine,
    Que je fournisse sa cuisine;
Cette clause n'est pas, que je pense, au traité.
    Lui qui pour moi fut sans pitié,
    Quand l'intérêt seul le domine,
Me croit-il dupe encor de sa feinte amitié?
Notre société par le fait est dissoute,
    Par le fait je ne lui dois rien;
    Que chacun suive son destin.
    Et là-dessus, renard change de route.

Est-il un commerçant qui dira qu'il fit bien.

~~~~~~~~~~~~~~~~

Mort du Loup et du Renard.

Sans aucun secours de personne,
Et ne pouvant, une jambe de moins,

De lui-même prendre aucuns soins,
Notre loup, comme on le soupçonne,
Eut une misérable fin.
Rongé par l'affreuse gangrène,
Il meurt de douleurs et de faim.
Hélas! dit-il, en respirant à peine,
Puisse un jour ma position
Aux heureux d'ici-bas offrir une leçon!
Je suis puni; mais le mal que j'endure
Est bien moins pour avoir mangé quelques moutons,
Pour avoir satisfait mes appétits gloutons,
(Ces appétits étaient dans la nature),
Que pour avoir, moi, mortel, oublié
Que je n'étais dans l'abondance
Des malheureux que pour avoir pitié.
Le renard a sans doute apprécié
Mon repentir tardif et ma feinte amitié;
Mais lui-même trop loin a poussé la vengeance;
Il doit être puni de tant de cruauté.
Comme il parlait, il voit, hors du bois, dans la plaine,
Débouquer le renard, boiteux, ensanglanté,
Poursuivi par des chiens; il tombe, hors d'haleine,
Et bientôt il est déchiré.
Le loup de cette mort sent quelque jouissance.
Le loup est toujours loup; mourant, ses derniers cris
Furent : renard! renard! je suis de ton avis:

Il existe une providence !

LIVRE NEUVIÈME

La Brebis tondue.

Je hais, je fuis les propos du vulgaire,
  Dit le bon Horace, et pourquoi ?
Il est souvent un grand sens, selon moi,
  Dans tel proverbe populaire.
Je n'en veux citer qu'un connu de toute part :
« Dieu ménage le vent à la brebis tondue. »
  Philosophes à courte vue,
  Qui, malgré la sagesse et l'art
Qu'offre cet univers, n'y voyez que hasard,
  De ce dicton respectez la sagesse.
  Au malheur, comme à la faiblesse,
Dût-il ne présenter qu'allégement, secours,
  N'allez pas, par vos froids discours,
  Dans les soins de la providence
Du malheureux détruire l'espérance.

  Un paysan n'avait qu'une brebis,
Et sa brebis avait la toison la plus belle.
  Sans protecteurs et sans amis,
  Pour éviter la poursuite cruelle
  Du fisc ou de quelque commis,
  (Car dans le bronze et l'acier réunis,
  De tout traitant le cœur a dû se fondre),

Notre manant fut obligé de tondre
En plein hiver sa pauvre Grysillis.
Il la tondit, n'ayant d'autres ressources.
 Hélas ! quoique jusqu'à leurs sources,
 Les fleuves fussent endurcis,
L'âme du percepteur était encor plus dure.
 Comment Grysillis sans toison
Pourra-t-elle endurer l'excès de la froidure ?
« Celui dont la bonté s'étend sur la nature,
» Aux petits des oiseaux qui donne la pâture, »
N'est-il pas là ! L'on touche à mars, et la saison
 S'adoucissant, la précoce verdure
Fait paître Grysillis, en dépit du buisson.
En dix-huit cent vingt-neuf la chose est advenue.

 J'ai donc pu dire avec raison
Dieu ménage le vent à la brebis tondue.

La Poule-d'Inde.

Cet oiseau qui nous vient de l'Inde :
 Bienfait d'une société
Contre lequel du moins nul grimaud ne se guinde,
Ce volatille, enfin (si dame vérité
 Veut qu'ici son nom soit cité),
Je le dirai franchement : une dinde
 Avait si constamment couvé

Que son ventre en avait perdu tout son plumage.
    Pêle-mêle, indifféremment
Sous elle on avait mis, suivant l'antique usage
Du pays, (vers le Nil advint l'événement),
    D'œufs divers près d'un demi-cent :
Suivant la place on put en mettre davantage.
Dindonneaux, cannetons, poulets, tout vint à bien ;
Mais par malheur, l'histoire en sera difficile
    A passer, l'on n'en croira rien,
    Le fait est pourtant très-certain,
   Je l'ai bien lu ; l'auteur en cite mille.
De cette force; c'est... non ce n'est pas Virgile,
    Son nom pourtant finit en *ile*,
    N'importe. Donc, parmi ces œufs
S'en trouvait un, notez, je ne vous dis pas deux,
    S'en trouvait un.... de crocodile !
  Qu'arriva-t-il ? Le monstre à peine né
    Dévora la couvée entière,
  Frères et sœurs, le dindon et la mère;
    Si les gens l'eussent laissé faire,
    Le drôle vous eut dévoré,
Vous et le chien, le fermier, la fermière;
Mais on prévint ces maux par son trépas.

On fit bien; craignez les ingrats !

Le Philanthrope du siècle.

Badman, en vieil anglais, peut-être en allemand,
Veut dire, que je pense, un homme dur, n'importe;
  C'est, en français, un nom tout bonnement,
Et qu'indifféremment mainte famille porte.
    Or, j'ai connu certain quidam
    Portant ce triste nom Badman.
  Il en rougit, sa dureté le choque,
  Il en voudrait corriger l'équivoque.
Lui! dont le plus doux rêve est l'amour du prochain!
    Mais, comment faire? Il faut du bien.
Et, s'il a quelque chose, il l'aime comme sien.
Comment concilier cette attache un peu forte
    Avec ce grand amour qu'il porte
  A son semblable, à tout le genre humain?
    C'est l'objet de sa rêverie;
    Il en trouve enfin les moyens.
  Il se faufile en mainte confrérie;
Des mots de charité, bienfait, philanthropie,
    Il saupoudre ses entretiens.
Il donne... *des conseils gratis* à l'indigence.
    Bref, d'un bureau de bienfaisance,
  Et d'un hospice même, il a l'honneur
    D'être fait administrateur.

De maints bienfaits, *tout faits*, le cher homme dispose;
Si l'on n'en connaît plus les modestes auteurs,
Avec discernement, avec zèle, il propose
Leur application. Du besoin, des malheurs,
La victime sur lui, sur lui seul se repose;
   Par-ci, par-là, le malin glose...
Ses airs un tantinet trop avantageux.,, mais
Qui n'a pas ses jaloux? Pour vous sont nos bienfaits,
Dit-il aux malheureux. Voyez, il ne dit, *mes*.
    Eh! n'est-ce pas la même chose.
  Je n'ai voulu de semblables portraits
    Faire qu'une légère fable;
Plus largement Thalie en peut peindre les traits.

  Et c'est ainsi qu'en France, à peu de frais,
Sans bourse délier on se fait charitable.

Le Précepteur et la grande Dame.

(Synonymes français, art. 997.*)*

Avez-vous vu la noble *révérence*
   Qu'à faite en sortant le marquis?
   Disait une dame à son fils;
Modelez-vous sur ces maîtres exquis;
Ces devoirs dans le monde ont beaucoup d'importance;

Et d'une *salutation*
Plus ou moins particulière,
Sur les mœurs et le caractère
On tire quelquefois plus d'une induction.
Il en est de respect, comme de gratitude,
De protection, d'habitude;
En faisant les mêmes *saluts*,
Tel ou tel les feront de toute autre manière;
Du savoir vivre ils sont les attributs.
Ces jours derniers je vous en ai vu faire
A je ne sais quel inconnu
D'une extraction que j'ignore,
Un, qui vraiment m'a fort déplu.
Il faut garder son rang. Elle parlait encore,
Qu'entre le percepteur de l'enfant. Aussitôt
Vous eussiez vu notre marmot,
Du marquis singeant la figure,
S'inclinant ni trop peu, ni trop,
Faire dans son *salut* une caricature
D'amitié, de respect et de protection.
Le précepteur, surpris de l'action,
Ne sait s'il faut qu'il rie ou qu'il murmure
De cette *salutation*;
Mais la maman lui donne une explication
De cette sotte espiéglerie.
Eh! madame, lui dit le sage précepteur,
Puisque l'usage admet qu'en cette vie,
Pour remplir ces devoirs ce ne soit pas le cœur

Qu'on écoute, cessons de fatiguer l'enfance
De ce code d'impertinence,
En fait de *salutations*,
Du temps, de l'âge et de l'expérience,
Elle apprendra bientôt les sublimes leçons.

Souris, Sourire.

(Synonymes français, art. 1050.)

J'ai du souris et du sourire
Heureusement déjà placé les mots.
Je ne vois pas que chez les animaux
Ce langage de l'âme exerce son empire;
Mais à moraliser il invite, il m'inspire;
Au peintre il peut fournir de séduisans tableaux,
Comme il fournit à notre abbé Roubeaux
Des lignes qu'à jamais un français voudra lire;
Ainsi moralisons. Oh! si de Shakespire
J'avais une fibre du cœur!
Je vous peindrais de la douleur
Ce *souris* qui, non sans douceur,
Rejette allégement et même l'espérance.
Je vous peindrais de l'innocence
Le *sourire* pur, enchanteur,
Tout en rêvant, exprimant le bonheur.

Cette femme artificieuse
Compose son *sourire;* avec art grâcieuse,
Elle entre; mais du cercle un *souris* mutuel
Me dit que son *sourire* est trop peu naturel;
Plus naturel de laide il l'eût pu rendre belle,
Grimacière, elle est jugée avec rigueur.
De l'âme il n'est donc pas l'image habituelle ?
    Non, je connais plus d'un minois flatteur
Qui, *souriant* toujours, cache une âme cruelle.

    Impression passagère, actuelle,
Le *souris* est bien plus l'expression du cœur;
    Trop fugitif pour laisser quelques traces,
Il faut savoir saisir sa finesse, ses grâces;
Naïf, aimable encor, tant qu'il n'est que malin,
Il est terrible alors qu'il lance le dédain,
    Que du mépris il vous atterre.

    Malheureuse est la pauvre mère
Qu'on prive du premier souris de son enfant!
    Plus malheureux est l'innocent
    Qui, pressant un sein mercenaire,
Ne reçoit le souris et les premiers secours
    Que de la part d'une étrangère!
De la mère et l'enfant les mutuels amours
    Sont desséchés dès leur aurore.
Par l'habitude seule ils s'aimeront encore :
De combien de douceurs on a privé leurs jours !

Mais il faudrait, dit-on, à ces discours,
Coudre quelqu'action plus ou moins vraisemblable.
Quand pour la fable un trait n'est pas traitable,
Je pense que l'on peut toujours
Par des moralités suppléer à la fable.

Les Renommées.

La renommée, en mainte occasion,
N'est que l'écho d'un titre, d'un grand nom;
Et les plus renommés ont leurs bornes, leur sphère.
« *Rhinocéros me dispute le pas !*
» *Éléphantide a guerre avecque Rhinocère !* » (1)
En Asie, il n'est bruit que de nos grands débats,
Et vous ne les connaissez pas,
Disait un éléphant superbe
A don Gille quittant les célestes lambris,
Pour venir partager entre quelques fourmis
Un brin d'herbe.

Oh ! que de conquérans fameux,
Qui troublèrent le monde et leur pauvre existence,
Afin qu'après leur mort le monde parlât d'eux,
Seraient surpris, seraient honteux
De voir la profonde ignorance

(1) La Fontaine. Fable 21, liv. 12.

Où de leurs noms sont leurs neveux ;
Et même, de leurs temps, telle étroite et petite
Que la terre fut à leurs vœux,
Leur renommée était encore circonscrite.
Des Koulicans, des Tamerlans,
Que d'hommes ignoraient jusqu'aux noms, dans le temps
Qu'ils ravageaient un grand quart de la terre ;
De faiblesse quel caractère !
Tandis qu'un Jacque, un Philippe, un André
D'un pôle à l'autre est honoré,
Du simple et du savant reçoit l'humble prière,
Sans avoir répandu d'autre sang que le sien,
Est près de Dieu, notre ami, notre frère.

Lecteur, si je reviens à ce sujet, convien
Que ce n'est pas un sujet ordinaire.

~~~~~~~~~~~~~~~~

Les Faiseurs de réputations.

Maître renard, maître corbeau,
Un jour, se réconcilièrent.
Dans leur propre intérêt, par un pacte nouveau,
Franchement tous deux s'allièrent.
A son ami, le sage et vieux oiseau
Disait : Ailleurs il faut chercher fortune ;
Nul n'est prophète en son pays, dit-on,
Vas à la cour ; là, mainte occasion

Naturelle autant qu'opportune
Va te sourire, au moins c'est mon opinion :
    De renards la cour est le gîte.
    Lorsque le seul et vrai mérite
Sert de base à la réputation,
Y joindre l'artifice est grande maladresse,
    Mais il sert à l'ambition.
Eh bien! dit le renard, partons; car ta sagesse
Y sera mon mentor. A la cour du lion
    Ils sont bientôt accueillis; la finesse,
L'expérience, là, sont toujours de saison;
Renard devint visir et le corbeau ministre :
Tout ce que peut promettre un tel couple est sinistre.

Mais, dira-t-on, comment sont-ils là parvenus?
    Par des moyens simples et bien connus,
        Et surtout par l'expérience.
        Tous les animaux, comme nous,
        Sont susceptibles d'influence.
Paresseux, imprudens, légers, et sots et fous,
        Ils accordent leur confiance
A celui qui décide avec plus d'impudence.
A nos deux parvenus, riant de leurs succès,
        Margots bons-becs et perroquets,
Chiens, chats et jusqu'à l'âne ont voué leurs caquets,
A tous venans prônant leur mérite céleste;
        Timidité, complaisance, intérêts,
        Insouciance font le reste.

Tous ces dispensateurs de réputation, (1)
 Dont la tenacité seule donne le ton,
 Voilà pourtant comme ils sont, par notre âge.
 De la considération,
Sans en garder pour eux, distribuant le gage,
Dangereux ennemis, zélés, chauds partisans,
 L'ambitieux, les intrigans
 Utilisent leur clabaudage.
 On les courtise, on les ménage,
 On méprise leurs sentimens
 Et l'on recherche leur suffrage.

L'Incorrigible.

Un homme sou, vautré dans la fange et le vin,
 Gîsait le long d'une muraille.
 Tantôt il chante, il crie, il braille,
 Puis il gémit, il soupire, et soudain,
 Se gourmandant lui-même de reproche,
 S'appelle canaille, gredin;
Lorsque vint à passer Grégoire, son voisin,
 Avec sa femme : Eh quoi! c'est l'ami Roche?
 Dit-il; il veut lui parler, il s'approche;
 L'ami Roche n'entend plus rien.

(1). Synonymes français, art. 968, 24ᵉ paragraphe.

Bon dieu! quel état, dit Grégoire,
Quelle ordure! il fait mal à voir.
Je ne dis pas qu'on ne puisse point boire :
Mais, trop est trop; dis donc, Victoire,
Est-ce que je serai comme ça lundi soir ?

Messieurs, mesdames, pourquoi rire ?
Passez, passez votre chemin.
Ce que Grégoire vient de dire
Est l'histoire du cœur humain.

Mausolée d'Alexandre à la foire.

Rien dans les mains, rien dans les poches.

Voyez, messieurs, voyez ce conquérant;
Notre globe pour lui n'était pas assez grand.
A Jupiter il faisait des reproches
D'avoir placé la lune à trop d'éloignement.
Si j'en crois, disait-il, ma lunette d'approche
J'en aurais fait quelques départemens.
A ces vastes projets se trouve une anicroche :
Le héros meurt avant trente ans.
Comme l'un de ses vétérans,
D'un coup de faux l'aveugle mort l'accroche :
Voilà, messieurs, voilà son monument!
Les mains hors de la tombé, il dit à tout passant,

Qui de l'ambition sent au cœur les approches,
Des grandeurs d'ici-bas reconnais le néant :

Rien dans les mains, rien dans les poches.

~~~~~~~~~~~~~~~

Alexandre et Diogène.

Diogène, dis-moi, dis ce que tu désires,
    Et je satisferai tes vœux?
    — Alexandre, ce que je veux,
De mon soleil, c'est que tu te retires,
Ce mot cynique a de la vérité,
M'a fait penser, même dès mon enfance.
Alexandre-le-Grand, Diogène, en présence,
    Et le cynisme, ici je pense,
    L'emportant sur la majesté ;
Alexandre le sent. Il supporte avec peine
    Cette supériorité.
    Je voudrais être Diogène,
Si je n'étais Alexandre, dit-il.
    Par ce propos vif et subtil,
Le monarque, avec art tout autant qu'avec grâce,
Au-devant du tableau sut reprendre sa place.
    S'il eût été sincère, ce propos
Eût, à lui comme au monde, épargné bien des maux.

Mais, lui qui, se trouvant trop serré dans l'espace,
Demandait un monde nouveau,
Comment, dîtes-le moi, de grâce,
Eût-il tenu dans un tonneau?

~~~~~~~~~~~~~~~~

Diogène et Aristipe.

Diogène, de son tonneau,
Vit un enfant, au bord d'une fontaine,
Dans le creux de sa main puisant, buvant de l'eau.
Eh quoi! dit-il, jour et nuit, avec peine,
Philosophant, ruminant, comme un sot
Je m'exténue, et creuse la cervelle,
De nos besoins pour retrécir le lot,
Et voilà, voilà qu'un marmot
Me donne une leçon et simple et naturelle,
Disant ces mots, il casse son écuelle.
Passe Aristipe. Un superbe manteau
Tissu d'or et de soie avec art l'enveloppe;
Du philosophe de Synope
Il a vu l'action, il en rit aux éclats.
Ris, lui dit Diogène, et tant que tu voudras;
Mais je hais l'ambre, ainsi n'approche pas.
Quand donc rougiras-tu d'un pareil train de vie!
Sortant de la cour d'un Denys,

Sortant des bras de Phryné, de Laïs,
Tu nous viendras prêcher philosophie,
Et pour ma pauvreté tu n'auras que mépris.
    — As-tu fini? dit Aristipe,
De ton orgueil seul je me ris;
Et de la pauvreté, comme à toi le principe
M'est sacré; mais, Cynique, je te plains;
    Même j'aurai pitié de Diogène
    S'il se croit le seul des humains
    Qui la pratique et la comprenne.
Dégagé d'orgueil et de fiel,
Son véritable esprit ne viendra que du ciel.
    La tienne n'est qu'orgueilleuse, incommode,
Je n'y chercherai pas le vrai souverain bien.
Mon système est peut-être aussi fou que le tien,
Tu te prives de tout, de tout je m'accommode;
    Mais aux volontés du destin
Me pliant, aujourd'hui je goûte ses délices;
Comme, sans murmurer, tu me verrais demain,
    Nouveau jouet de ses caprices,
    S'il le fallait, mourir de faim.
Adieu donc; mais au lieu d'ail puant, à ton pain
Ne rougis pas de joindre un fruit, ou du laitage.

Eh bien! lecteur, lequel des deux est le plus sage?
Qui des deux du bonheur nous montre le chemin?
    Diogène aura par notre âge,
Bien peu de sectateurs de son pauvre tonneau.

Mais d'Aristipe aussi suit-on bien la mesure?
Et comment sa doctrine et celle d'Épicure
   Font-elles de l'homme un pourceau?

Périclès.

   Ce Périclès que l'histoire renomme
   Comme orateur, homme d'état, et comme
Ayant su (de nos jours que n'a-t-on son secret),
Gouverner quarante ans un peuple démagogue,
     Autant vaut-il dire tout net
    Un tigre, un loup, un ours, un dogue,
A la fois déchaînés, libres de tout lien,
   Ce Périclès, fut-il homme de bien?
    Il fut homme d'état, grand homme,
Soit; mais qu'il fut grand homme, homme d'état,
    Ce fameux Périclès, en somme,
    Il n'en fut pas moins un ingrat.
   Pour précepteur il eut Anaxagore,
   Vrai philosophe, un savant s'il en fut;
    Il n'était rien qu'il ne connût;
Le passé, le présent, il lisait à son aise
Dans l'avenir. Il sut dans une belle thèse
    Prouver à tous par un plus deux,
   Que le soleil, quoiqu'en jugent nos yeux,
Était un peu plus grand que le Péloponèse.

Surtout il eut le plus profond mépris
    Pour la fortune et la richesse.
On dit (c'est pousser loin l'amour de la sagesse),
    Qu'à ses parens, à ses amis
    Il partagea ses biens avec largesse;
Si bien, qu'en ses vieux jours, manquant de tout, de pain,
Parens, amis, en vain connaissant sa détresse,
    Il se laissa mourir de faim.
Sitôt qu'il fut instruit d'une passe aussi dure,
Périclès accourut : O! mon maître! vivez!
    Vos maux vont être terminés!
Je vous veux du destin faire oublier l'injure,
    Même mes torts? — Grand merci de ton soin,
Dit le mourant, tardif, il est plus qu'inutile :
    Il ne faut pas laisser sans huile
    La lampe dont on a besoin.

Excès d'Adulation.

Non, je n'aurais jamais pu croire
A quel point l'adulation
Dégrade l'homme; un trait d'histoire
Me l'a prouvé mieux qu'un sermon.

De la Perse le vrai Néron,
Le tyran, le fléau, Cambyse,

6

Dans une orgie, un jour, par vaillantise,
Buvait avait excès. Un seigneur, dont le nom
    Pour la rime n'est pas de mise,
  Persaspe, osa lui faire une leçon.
Sans doute aussi qu'au vin il devait ce courage,
    Tu vas voir si de la raison,
Si de la main le vin trouble chez moi l'usage,
    Dit le roi. Du donneur d'avis
    Il fait venir le jeune fils;
    A distance de lui le place,
Sur son corps, de son arc, il simule une trace,
    Là, dit-il; il prend son espace,
  Essaie un trait ou deux; de l'arc dressé
Le trait part; de l'enfant le cœur est transpercé!
Eh bien! dit-il au père, ai-je encore la main sûre?
Vous attendez, lecteur, un cri de la nature!
    Apollon n'eût pas tiré mieux,
    Dit le courtisan sans murmure.

  Lequel est plus monstre à vos yeux?

Le Tasse et Milton.

Vous connaissez cet émule divin
Du grand Virgile et du galant Ovide,
Vous connaissez Le Tasse, et son Armide,

Et son Tancrède, et son fier Sarrasin,
    Et sa Jérusalem enfin,
Qu'il fait défendre encore, après son déicide;
    Vous connaissez ses fatales amours?
Eh bien! dans le moment ou sa belle patrie
    Allait couronner son génie,
Le Tasse à l'hôpital finit ses tristes jours,
    Dans la misère et la folie.

    Milton, du Paradis perdu
    Dont Albion se glorifie,
    Milton aveugle, au dépourvu,
Ne peut trouver qu'un prix qui l'humilie.
    Dans la tombe il est descendu,
    Sans avoir joui de sa gloire;
Il la sentait pourtant; on sent ce que l'on vaut.
Un légitime orgueil cesse d'être un défaut;
    Ou, si c'en est encore un, j'aime à croire
Qu'il est comme inhérent à notre humanité.
    En voulez-vous une preuve certaine?
    L'ami Jean, le bon La Fontaine,
    Malgré son ingénuité,
    Dans maint endroit de son ouvrage
    Se promet l'immortalité.

Chut! n'allons pas plus loin, déjà je gage
    L'envie ou la malignité
    Taxe un innocent bavardage
De sot orgueil et de témérité.

Christophe Colomb.

Que cette simple expression
De Beaumarchais : Ces femmes, ah ! ces femmes!
Elles vont, elles vont!.. peint bien leurs cœurs, leurs âmes;
Comme ce sexe à tout met de la passion.
C'est par le cœur qu'il vit, il est de feu, de flamme,
Surtout pour l'objet du moment;
Il juge tout par sentiment.
Aussi la raison rarement
Avec succès auprès de lui réclame.
Avant que Christophe Colomb
Eût pu faire comprendre, eût prouvé son système,
Ses parens et sa femme même
Le traitaient d'homme à vision.
Soir et matin, monsieur baye aux corneilles,
Observe le vol des oiseaux,
Le cours des astres et des eaux;
Monsieur dans le lointain se forge des merveilles,
Rêve nouvelle terre et continens nouveaux,
Et maintes sottises pareilles,
Et laisse sa maison sans pain.
Voilà ce que, soir et matin,
Colomb entend chez lui corner à ses oreilles.
Dans le monde c'était bien un autre refrain,

Bien d'autres sortes de déboire.

Petits et grands, savans et sots

Traitent sa science de grimoire;

Veut-il parler, on lui tourne le dos,

Ou c'est en ricanant que l'on veut bien le croire.

Et c'est ainsi que l'on marche à la gloire!

Bref, quand le fait eut attesté

De ses réflexions l'immense vérité,

Quand il eut découvert les premières îles,

Quand il eut surtout rapporté

Force or, et force argent, et force objets utiles;

Peut-être vous croyez, qu'en faveur de ces biens,

Sa femme, (hélas! sa joie en fut si forte

Qu'au premier bruit la pauvrette en est morte)

Mais qu'au moins ses amis et ses concitoyens

Chantèrent la palinodie?

L'immortel Christophe Colomb,

Colomb languit, meurt en prison,

Victime de la calomnie!

Et ce n'est pas même son nom

Que portent les pays qu'on doit à son génie.

Le génie! ici-bas, à quoi donc est-il bon!

Homère, et Le Tasse et Milton,

Prouvent.... qu'il ne vaut pas la plus mince industrie.

Turenne.

Turenne, un soir, en bonnet de coton,
Prenait le frais à son balcon;
Quand Bastien, le prenant pour un autre, peut-être
Pour un valet, ou pour un marmiton,
S'en vient à la sourdine, et voilà que le traître,
Avec aplomb autant qu'avec vigueur,
Sur le fessier de son seigneur,
Applique un coup, un coup de maître.
Turenne vivement se retourne. Éperdu,
Bastien de s'écrier : Prince ! je suis perdu,
J'ai cru que c'était George. En se frottant la fesse,
Turenne lui répond avec cette bonté
Que connaît peu l'égalité,
Qui chez les grands s'allie avec la dignité,
Et qui du moins jamais ne blesse:
Ce n'est pas George, ami ; mais le serait-ce ?
Il ne fallait frapper si fort.

Peut-être qu'entre égaux, cette belle prouesse
Eût fait naître un combat à mort.

Crillon.

Pends-toi, brave Crillon, écrivait Henri-Quatre,
Arques est pris, *et tu n'y étais pas!*

Crillon! pourquoi sens-je encore tout bas,
    A ce seul nom, mon vieux cœur battre?
    C'est que je ne vois pas de nom
Ancien, nouveau, dans nul poëme épique,
    M'offrir sa pose dramatique;
    C'est la bravoure en action.

Chacun connaît de lui ce trait. Un jour, dit-on,
    Il écoutait la passion;
    Sans doute qu'avec éloquence,
    L'orateur chrétien traçait
    D'un Dieu souffrant la patience;
    Sans doute un chacun frémissait
De voir un lache peuple, en son aveugle rage,
Sur un Dieu patient accumulant l'outrage;
Soudain Crillon se lève, à moitié furieux,
Sur son glaive est sa main, l'éclair est dans ses yeux.
Où étais-tu, Crillon? tonna-t-il. Certe, Homère
    De cette action, de ces mots,
    Eut fait honneur à l'un de ses héros.
    Si je me souviens du propos
De son Ajax, il n'est qu'impie et téméraire.

    O ma belle religion!
    Quoi! le français ne peut-il plus ascendre
    A tes hauteurs? N'est-il plus de Crillon?
Il en est, il en est encore, j'en répond;
    Car en soi-même il suffit de descendre,
    Du respect humain soucieux,

De préjugés puérils, orgueilleux,
Il ne s'agit que de ne pas dépendre.
Un cœur qui paie un culte *au héros* malheureux
Saura bientôt t'aimer et te défendre.

L'Éléphant refusant la couronne.

Dans un désert immense de l'Asie,
   Ne sais trop où, les animaux
Perdirent leur monarque; une paralysie
   Avait déjà disloqué tous ses os.
Bref, il mourut, n'ayant que des collateraux.
   Le peuple donc s'assembla pour élire
     Un autre roi. S'il faut le dire,
     Le défunt est peu regretté.
     Fougueux, sans frein, dans sa jeunesse
A toute passion son cœur fut emporté;
Plus tard, il se soûla de mainte volupté,
Eut menin sur menin, maîtresse sur maîtresse,
     Et d'une précoce vieillesse
Victime, il fut en proie à la caducité.
     Après les intrigues d'usage,
   Le peuple enfin réunit son suffrage
     Sur un grave et bel éléphant
     Encor dans la force de l'âge,
N'ayant d'autre défaut que d'être par trop sage,

D'être toujours philosophant.

Aux animaux l'ayant élu pour leur monarque,
Il dit : Mes chers amis, votre choix m'est la marque
De votre estime et votre affection.

Si j'ai su dans la solitude
De la mûre réflexion
Me faire une douce habitude,

De maint gouvernement, de notre nation,
De même si j'ai fait une profonde étude,
Faudra-t-il que l'ambition
M'en arrache les fruits par sa trompeuse amorce ?

Je connais bien mes moyens et ma force ;
Faire le bien, telle est ma seule intention ;
Mais il n'est pas toujours facile à faire.

Il n'est pas suffisant d'avoir la volonté,
Il en faut le pouvoir, surtout la liberté ;
Le pouvoir trop bridé n'éprouve que disgrâce.
Croyez-moi, que chez nous chacun reste à sa place.
C'est parmi les lions, de toute éternité,
Dans leur auguste et forte race,
Que nous avons toujours eu notre roi.
Un lion vous pourra rendre heureux comme moi ;
Le bonheur de son peuple est la première loi
D'un prince, ou ce serait un monstre sur la terre.
Mon choix même serait une usurpation ;
Ne suivons pas ici d'exemple téméraire ;
Car, vous pourriez un jour, dans une élection,
Pour maître avoir le tigre ou la panthère.

On suivit son avis, le sceptre fut rendu
Au cousin du défunt de race légitime.

Cette mesure a prévenu
Plus d'un désordre et plus d'un crime.

L'Éléphant tombé dans un trou.

Cet éléphant qui vient de refuser un trône,
Quand tant de fous iraient ravager l'univers
Pour attraper une couronne;
Cet éléphant avait un grand travers:
Il était vain, et si vain de sa taille,
Qu'il s'imaginait sous ses pas
Faire pencher le globe...., Il ne voit pas
Sous son chemin couvert de planches et de paille,
Un trou creusé par l'homme. En plus d'une bataille,
Il a vaincu le tigre, le lion,
On le verra bientôt à la discrétion
D'un enfant, ou d'un nègre, ou semblable canaille.
Un rat trottait sur le piége où tantôt
Il s'est laissé choir comme un sot.
Hélas! dit-il, ma trop pesante masse
Qui faisait tant ma gloire, a rompu tous ces bois
Dont, en tous sens, ce rat effleure la surface.
Si je puis m'en tirer, certes qu'une autre fois

Je ne tomberai plus dans semblable disgrâce.
    Il parlait en'cor, qu'un milan
  Fond sur le rat. Voyez, dit l'éléphant,
    Ce que c'est que notre sagesse !
J'allais presqu'envier d'un rat la petitesse.

La Fontaine nous dit que déjà, dans son temps, [1]
Se croire un personnage était commun en France.
S'il vivait, le bonhomme, il trouverait, je pense,
Que le mal est passé des bourgeois aux manans.
Paie-t-on cent écus au cens, oh ! sans talens,
    On est un homme d'importance.

L'Éléphant en cage.

  Cet éléphant, que dans un trou
Nous avons vu tomber, devint bientôt esclave.
    L'homme, avec un simple licou,
    Sans avoir besoin d'autre entrave,
   Après l'avoir subjugué par la faim,
Se fait suivre de lui pour un morceau de pain.
    Notre éléphant est mis en cage,
Sur un vaisseau pour être en Europe porté.
Un lion, un serpent, un tigre faisant rage,

---

[1] LA FONTAINE. Fable 15, livre 8.

Ayant aussi perdu leur liberté,

Avec de beaux oiseaux seront tous du voyage.

Après avoir passé les mers,

Traversé maint pays divers,

De foire en foire, avoir couru l'Europe entière,

Enfin le voilà dans Paris,

Cette ville hospitalière

Pour les monstres de tout pays,

Plus que pour l'honnête homme, hélas! dans la misère

C'est là qu'un jour comme les curieux

Par centaine affluaient dans la ménagerie,

Sur son destin malencontreux

Notre éléphant, dit-on, fit cette rapsodie,

(Rapsodie! impropre est le mot

Dit quelqu'un, j'aimerais tout autant Homélie,

Soit, je vous l'abandonne, ami, pour ce qu'il vaut..

Bref! vous savez qu'à la philosophie

Tout éléphant est fort enclin.

Si je voulais, disait-il, homme vain

Autant que frivole et barbare,

J'aurais bientôt rompu l'enclos qui nous sépare;

De mes amis brisant jusqu'au moindre lien,

Dans un légitime carnage

Nous pourrions aisément reconquérir nos droits.

Ce n'est pas faute de courage,

C'est par soumission aux éternelles lois

Qui font le fort, le faible, et le peuple et les rois,

Que si patiemment j'endure l'esclavage;

Une puce, un ciron, parfois
Par leur démangeaison me mettent aux abois,
   Et je souffre aussi leur outrage.
D'ailleurs, n'ai-je pas vu dans maints et maints tableaux
   Que tu m'offris dans le voyage,
Que la même raison qui sur les animaux
   Te donne un si grand avantage,
Quand sur elle l'orgueil a jeté son nuage,
   T'en rend le plus fou, le plus sot
Et le plus malheureux ! Que d'hommes, en un mot,
Pour la ménagerie on devrait mettre en cage.

Sans être misanthrope on ne peut être sage ;
Une vertu toujours accompagne un défaut.

~~~~~~~~~~~~~~~~~~

L'Éléphant et l'Enfant de son cornac.

   Avec l'enfant de son cornac, un soir
Notre éléphant jouait ; c'est merveille de voir
   Avec qu'elle délicatesse
   Il tourne, il tripotte, il caresse
   En tout sens ce jeune marmot
   Qui, sans crainte, avec confiance,
S'accroche après sa trompe, alors qu'il le balance.
   A l'éléphant quelqu'un dit : Eh ! gros sot,
   Ne crains-tu pas qu'un jour, peut-être,

Cet enfant-là pour toi ne soit un mauvais maître?
Que ne l'étouffes-tu? — Ton conseil est affreux
    Autant que plein d'impertinence,
    Répond l'éléphant généreux;
Il faudrait étouffer toute l'humaine engeance.
    Et puis, penses-tu, malheureux!
Que c'est pour écraser le faible, que les dieux
    Nous ont donné la force et la puissance.

    Grands de la terre, eussiez-vous parlé mieux?

L'Éléphant Philosophe.

De l'éléphant et de sa sapience
Nous avons dit en passant quelques mots;
De lui citons encor un généreux propos.
    Il s'agissait de cette dépendance
        A laquelle les animaux
    Sont tous soumis sous l'homme; moi, je pense,
        Disait ne sais quel raisonneur,
    Que l'homme était de l'animale engeance
        Le moins digne de cet honneur.
Pourquoi, dit l'éléphant, pourquoi? Toute autre espèce
N'eût pas mis dans ses droits plus de délicatesse;
    Des dieux plutôt admirons la sagesse
Qui réglant, modérant leurs mutuels efforts,
    L'un sur l'autre meut tous les corps,

Fait dépendre parfois le fort de la faiblesse;
   Ils ont voulu, ces Dieux, bons, éternels,
   Dans leurs décrets sans doute paternels,
    Que dans ce monde, à l'humaine industrie,
Lion, tigre, éléphant, enfin tout soit soumis.
En cage le lion, l'éléphant être mis!!
    Tigre, pourquoi cette furie?
Une fois sous la main de l'homme, l'instinct crie
Qu'il nous faut oublier les nôtres, la patrie!
Qu'il nous faut devenir ses hôtes, ses amis.
Si de ma liberté je fais le sacrifice,
    Si, pour me rompre à son service,
J'aime à ne pas trouver son joug trop odieux,
Lui, dans son intérêt comme dans sa justice,
    Doit m'aimer, doit me rendre heureux.

Peuples et rois voilà vos devoirs à tous deux.

Le Pied de l'Éléphant.

    J'ai lu, je crois, dans Levaillant,
Qu'il n'est pas de manger plus délicat, plus tendre
    Que le pied d'un vieux éléphant,
    Tout bonnement cuit sous la cendre.
    En France, malheureusement,
On ne peut trop du fait avoir la preuve;

Car, sans cela, l'on verrait maint gourmand,
Pour ces petits pieds-là composer promptement
    Une sauce piquante et neuve.

    On lit encore que pourtant
    Un certain fou millionnaire,
  A force d'or, parvint à satisfaire,
  Sur ce point là, son orgueil et son goût.
  Et de quoi l'or ne vient-il pas à bout?
  On prétexta notre éléphant malade.
Il fallait qu'il subît une opération.
A sa jambe l'on fit plus d'une estafilade;
Mais, pour en garantir l'entière guérison,
    On fit tant qu'on obtint raison
    Du pied gauche du camarade.
Des déserts de l'Asie il fut expédié
    Droit à Paris.... pour être estropié !
    Oui, mais Mondor le premier, sur sa table,
Et seul, d'un éléphant aura servi le pié !

Sans doute, hélas ! tel caprice exécrable
    A porté l'homme sans pitié,
    A mutiler, dégrader son semblable !

Mort de l'Éléphant.

Notre éléphant, estropié,
N'eut plus qu'une fin misérable.

Cet animal bien pensant, charitable,
   A Mondor même eût fait pitié.
Tel on voit dépérir un chêne humilié,
Dont une main barbare a dépouillé l'écorce.
Notre éléphant disait : Vainement je m'efforce
   A suporter cette opération,
  Elle m'abat; pour moi cette action
Est le hideux abus du pouvoir, de la force.
    Le tigre naturellement
    Par les dieux fut créé féroce,
    Il ne peut pas être autrement;
   Mais l'homme n'est pas né méchant.
  Le serait-il, quand un penchant précoce
  L'égare, il a, pour régler ce penchant,
La raison; mais Mondor fut froidement atroce !
    Je m'y perds. Il parlait encor
   Qu'on vint lui dire que Mondor,
   De quelque caprice victime,
  Était crevé d'une indigestion....
Ah! peut-être, dit-il, cette punition
   A prévenu quelqu'autre crime ?
De son lâche caprice il fut puni bientôt !
Des destins adorons la volonté sublime;
Mais si Mondor finit comme un gourmand, un sot,
   Je n'en mourrai pas moins pied-bot.

En effet, au chagrin notre éléphant succombe,
  Mondor et lui sont dans la même tombe.

Ma réponse aux Romantiques.

ÉPILOGUE.

Certain artiste avait un instrument
Dont il tirait un son grave, pompeux, sonore;
    Mais toujours le même; et vraiment
Il plaît une ou deux fois, cinq ou six passe encore,
    Au vingtième il est assommant.
    En vain l'artiste, en son extase,
Modifie avec art ce ton fastidieux,
    Il vous assomme, il vous écrase.
    Sans exploiter plus loin la rime en *ase*,
    Dont le son est harmonieux,
    Je veux qu'on aime à voir Pégase
Immobile, planant vers le plus haut des cieux.
Pour moi, j'aime bien mieux, de plus près, dans l'espace,
Le voir caracoller, bondir, à tous les yeux
Déployer sa souplesse, et sa force et sa grâce.

LIVRE DIXIÈME

Le Rossignol et les Grenouilles.

De l'écume stagnante importuns excrémens,
  Disait Philomèle aux grenouilles,
Cesserez-vous bientôt vos sots croassemens ?
    Et de quel droit nous chanter pouilles,
    Répond l'aquatique animal,
    Au tien mon mérite est égal.
    Ainsi que toi j'ai mon ramage.
Je parle du gosier, toi, tu siffles, vraiment,
    Laisse à l'Anglais, à l'Allemand
A décider lequel a le plus d'avantage.
    Voit-on, que, honteux de leur chant,
  Paons et corbeaux au tien rendent hommage ?
    Je trouve ton orgueil plaisant !
    Tout chantre des bois que vous êtes,
Vous reçûtes du chant les notes toutes faites.
    Ainsi que vous, tous les oiseaux
Chantent sans avoir pris de leçons de solfège ;
  Et nous, de tous les habitans des eaux,
De chanter nous avons seules le privilége !
Pour être différens, les talens sont égaux.
    Sur nous il plut à quelques sots

De jeter un air de disgrâce
En décidant que grenouille croasse :
Croasse, soit, chaque espèce a ses lots,
L'âne brait, le bœuf beugle, et chacun de ces mots
Dans le discours tient bien sa place.
Or... — Mais l'homme est charmé de mon diapason....
Dit Philomèle ? — L'homme ? Oh ! la bonne raison !
Mais si l'homme aime mieux ta douce ritournelle,
Compère le crapaud préfère ma chanson.
Ce mot ferma la bouche à Philomèle,
Qui ne put soutenir son injuste querelle,
Et s'en alla sur un prochain buisson
Gazouiller, frédonner, soupirer de plus belle.

Le grand Monde et le beau Monde.

(Synonymes français, art. 762.)

Le poing sur son illustre flanc,
De sa fortune, de son rang,
Degmont targué dit qu'il est du *grand monde*.
Son ignorance est du reste profonde ;
Mais, et que lui faut-il de plus ?... Il sait son rang.

La plus exquise politesse,
Cette élégance, une certaine fleur
D'esprit, de goût, de tact ; une délicatesse

Dans le langage, un charme allant au cœur,
    Dans les façons, la manière ;
    Ce qu'avait sans doute Ninon,
Et plus encore une La Sablière ;
    Dans un cercle, dans un salon,
    Voilà ce qui fait le *beau monde.*

De l'un et l'autre ayant connaissance profonde,
Roubaud retrace ainsi la définition.

    Le *grand monde* est un tourbillon
Qui, s'il n'est vu de loin, et vous froisse et vous foule,
    Le *beau monde* est un joli moule
Où parfois il convient de retremper son ton.

    Mais, dites-moi dans quelle espèce
    Rangerons-nous ce fier savant en *us?*
Dans le beau, dans le grand il serait un intrus :
Et l'honnête artisan ?... Il faut qu'on le confesse,
    Ainsi que son méridien,
    Chacun ici-bas a le sien,
Où cherchant le bonheur il s'agite sans cesse.

Oh ! que les bonnes gens aient le leur !... c'est le mien.

L'Ambitieux Désabusé.

(Synonymes français, art. 785.)

De Démazure en son village
Avec honneur était cité le *nom :*
   C'est un brave homme, probe et sage,
   De plus électeur du canton.
   A qui n'a pas d'ambition
   Il n'en faudrait pas davantage
Pour être heureux; mais monsieur l'électeur
Porte plus loin ses vœux. Il s'imagine
Qu'il touchera de plus près au bonheur,
Quand son *nom* ronflera dans la ville voisine
   Avec éclat, avec honneur.
   Le voilà bien au-dessus de sa sphère;
Mais le *renom* vous met au-dessus de vos pairs :
Et si la capitale un jour... Si l'univers...
   Ah! Démazure! Allons, à l'hémisphère
   Borne tes vœux. A Saint-Quentin,
   Son chef-lieu, Démazure enfin
Se fait connaître; il a plus d'une créature.
   Pas un comptoir, pas un seul magasin
   Qui ne cite soir et matin
   Le nom de monsieur Démazure.

Il a la vogue, il fait bruit, je vous jure
 Que je ne sais par quel moyen;
Mais monsieur Démazure est si bon citoyen,
 Qu'il paraît, ma foi, très-plausible,
 Qu'au mois de *septembre* prochain,
De monsieur l'électeur on fasse un éligible.
Le canton doit nommer un député de plus.
Or, sans qu'il soit besoin qu'on cabale ou débauche,
 Payant au cens un bon millier d'écus,
Démazure est élu député pour la gauche.
Démazure est heureux! C'était là, se dit-on,
Le vrai *nec plus ultrà* de son ambition;....
 Vous badinez, l'échelle escaladée
  Offre encor plus d'un échelon !
  Laissez à son âme charmée,
  Parcourir de *la renommée*
  L'incommensurable rayon,
 Pour son pays d'un député le zèle
 Est circonscrit; s'il avait le pouvoir !...
 (Ainsi parlaient C.... et D....)
  Ah ! c'est alors qu'il ferait voir !..,
Il le dit, on le croit, on vous le fait ministre;
Mais au haut de l'échelle un horizon sinistre
  Aveugle notre ambitieux;
Chaque parti sur lui s'acharne à qui mieux mieux.
C'est un monstre, dit l'un, l'autre, ce n'est qu'un cuistre;
 Et Démazure enfin est trop heureux
 De regagner son obscur ermitage.

— Sans doute il y revint plus sage,
Et sur le vrai bonheur ayant changé d'avis :
— Oui ; quand quelqu'un de ses amis
Lui parle encor de *nom*, *renom* et *renommée;*

Tout cela n'est, dit-il, que vent et que fumée.

Les Sarcleurs.

En la comparant au méchant,
Vous me disiez, papa, que toute herbe mauvaise
Ne tenait pas pied, mais pourtant
Quelle est donc celle-ci ; voyez, comme à son aise,
Et fine et déliée, elle court en rempant,
Aux arbres les plus grands surtout elle s'enlace;
Et le pis, c'est qu'au lieu de céder, elle casse.
Quel est son nom ? — Ne t'embarrasse
Répond le père à son petit sarcleur.

Mon fils, cette herbe est le flatteur.

Secret contre les mouvemens de colère.

Le lion disait au renard,
Je m'aperçois souvent, et parfois c'est trop tard,

Que trop facilement à d'indignes colères
Je m'abandonne. Eh quoi! de son ressentiment
Ne peut-on maîtriser le premier mouvement?
    Vous, visir, docte en ces graves matières,
    Votre avis? — Sire! eh bien! dit le renard,
Imitez en ce cas le grand Jules-César.
    — C'était? — Il fut de l'ancienne Rome
Le premier empereur, même le plus grand homme.
— Eh bien! — Quand à son nez la moutarde montait,
    Avec lenteur en lui-même il comptait
        Les lettres de son alphabet.
— Son alphabet! visir, serait-ce une épigramme?
        — Non parbleu, sire, sur mon âme,
        Dans Plutarque on trouve le trait;
        Votre majesté peut le lire.
        — Le lire!... Eh mais! renard! — Ah sire!
La colère déjà s'annonce en votre voix;
    Eh bien! que l'un de vos augustes doigts
        Passe et repasse, par trois fois,
    Avec lenteur, sur vos royales griffes.
Le lion sur le champ l'essaie avec succès;
De son courroux il sent se dissiper l'accès.
Bah! dira-t-on, ce conte est des plus apocryphes.

    Ami censeur, fais-en quelques essais.

L'Orage.

Le père de la peur qui créa les faux dieux,
    L'orage épouvantait la terre.
A la pluie, à la grêle, à l'éclair sinueux
    S'entremêlaient des coups affreux
D'un tonnerre ébranlant et le globe et les cieux.
    Chez mon voisin même, d'être en prière
      Chacun se faisait un devoir.
      Ma pauvre femme, d'eau bénite
      Inonde notre humble manoir;
      Sa sœur, encore plus interdite,
Avec son chapelet se signe, il faut la voir !
      Quand la prétention maudite
De passer pour penseur, philosophe, esprit fort,
Sur mon jeune neveu qui n'a pas d'autre tort,
    Vient d'attirer une mésaventure
Dont il se souviendra, je crois, jusqu'à la mort.
      Riant de la triste figure
Que fait prendre à chacun le grave événement,
      Il veut philosophiquement.
De l'éclair, de la foudre expliquer la nature.
    Mon cher ami, dit une de ses sœurs,
De tes impiétés fais-nous grâce; d'ailleurs,
Je ne suis nullement avide de connaître

Tes belles explications.

Puisque, malgré nos exhortations
Tu le veux, reste à la fenêtre,
Mais laisse-nous en paix dire nos oraisons.
Edmon est trop poli pour ne pas se résoudre;
Mais, c'est en sifflotant je ne sais trop quel air;
Lorsqu'un épouvantable éclair,
Que suit de près son coup de foudre,
Vient de notre jeune étourdi
Roussir toupet et sourcils et moustache.

Mon cher neveu pesta moins, que je sache,
Dêtre admonesté que roussi.

~~~~~~~~~~~~~~~~~~~~

La Prière.

C'était le quinze d'août, jour de l'Assomption.
Je me trouvais à la procession,
Qui, vu le mauvais temps, se fit dans Notre-Dame.
Ce spectacle frappa mon âme
De si vives émotions
Qu'elle en tomba bientôt en extase. Traçons
Ce dont nous avons souvenance.
Depuis long-temps les tambours, les clairons,
L'harmonieuse voix de la douce innocence,
Les tons plus renforcés des ministres de Dieu

Faisaient retentir de ce lieu
La voûte immense.

Tous n'ont pas la même ferveur;
Mais, quand, suivant ce solennel usage,
Autour de la nef et du chœur,
De la mère du Rédempteur
On promène l'auguste image,
Avec recueillement tous les corps de l'état,
L'homme de loi, le guerrier, le sénat,
Le prince même, en chantant ses louanges,
Rendent hommage à la reine des Anges.

Sans doute ainsi, jusqu'au plus haut des cieux,
Chaque planète, dans sa sphère,
De tous ses habitans vous présente les vœux,
O vous! des affligés la mère!
Quels concerts! et combien doit être glorieux
L'homme; au penser que sa simple prière,
Traversant les chœurs trois fois saints
Des archanges, des séraphins,
Des dominations, des trônes, des puissances,
Ne sera pas sans quelques influences
Auprès du Père des humains.

Ainsi pensait sans doute un père de famille
Qui près de moi priait. A son côté, sa fille
Aux accens paternels joint ses modestes vœux.
Salut à vous, reine des cieux!

O clémente ! ô douce Marie !
Disait l'aimable enfant d'une voix attendrie !

   Près du père de la patrie ,
   Du prince adoré des Français ,
   Je ne puis obtenir d'accès ,
Disait le père. Hélas ! qu'il sache ma misère ,
   L'objet de mes vœux et mes droits !
O vous , Marie !... Il parle encore... que je vois
S'élever dans les airs une flamme légère.
Du juste malheureux c'était l'humble prière.

Elle parvient moins vite à l'oreille des rois.

Les Zéros en chiffres.

   Sachons qu'en la chaîne des êtres
   Tout tient bien sa place ; qu'il faut
Des grands et des petits, des dépendans, des maîtres,
   Et nous perdrons ce malheureux défaut
   D'être si vains de la petite place
Qui nous est dévolue en partage. De grâce ,
   Dites-moi donc pourquoi Dorfaut,
Ce parvenu, targué de son indépendance ,
   A si peu d'égards , d'indulgence ,
Pour celui qui n'est rien, même avec du talent.

Dorfaut ! mais c'est un homme, et s'il n'a pas d'argent...
Zéro, zéro, dit-il, avec impertinence.

De l'un de ses jeunes enfans,
Qui des calculs était aux premiers élémens,
Un matin, il reçut une leçon utile.
Sous ses yeux cet enfant a le nombre cent mille.
Un, deux, trois, cinq zéros; papa,
Que valent tous ces zéros-là ?
Dit-il, zéro n'est rien. — Oui, mais, petite bête,
Ne vois-tu pas cet un, ce seul un à leur tête?
Mets un zéro de plus, l'un vaut un million !
— Cette valeur n'est donc que de position,
Dit l'enfant, et cet un, n'est plus qu'un, je suppose,
Sans cette foule de zéros?

Le père, frappé du propos,
Reconnut que zéros sont bons à quelque chose.

Le Paysan à la Foire de St-Quentin.

Pour aller au marché de la ville voisine,
Lucas s'était levé de grand matin ;
Lucas est, comme on dit, un gars de bonne mine,
Sans souci, même un peu flandrin.
En sifflotant ne sais trop quel refrain,

Paisiblement notre Lucas chemine.
Il tenait par leur anse, en l'une et l'autre main,
Deux paniers, l'un rempli de beau raisin,
L'autre d'objets pour la cuisine.
Bref, par le faubourg Saint-Martin
Mon Lucas entre à Saint-Quentin.
Or, nous étions aux premiers jours d'octobre.
Pour ce pays, d'ordinaire assez sobre,
Ces jours sont des jours de gala.
C'est la foire : on a, ces jours-là,
Danseurs de corde et salon. de figures,
Zozo, comédie, opéra,
Débitans de toutes natures,
Phénomènes,... et cœtera !
Heureux qui, certain jour, peut traverser la place
Sans éprouver quelque disgrâce,
Comme Lucas en éprouva.

Entr'autres superbes merveilles,
Un vieux singe, un grand perroquet
Faisaient foule, et de leur caquet
Nous assourdissaient les oreilles.
Entrez, Messieurs, criait Bertrand,
Venez, venez donc voir votre serviteur Gille
Arrivant de Pékin, cette superbe ville !
Il y fit son entrée en triomphe !... Vingt mille,
Bah ! cent mille hommes, tous les jours,
L'admiraient gambadant sur son chameau, son ours.

A pied comme à cheval, qu'il veille ou dorme, en somme,
    C'est le vrai Gille. — Oui, reprenait l'oiseau,
Pour le voir on irait sur un pied jusqu'à Rome;
        C'est autre chose que Zozo,
C'est notre vétéran. Ses prouesses fécondes
    Ont émerveillé les Deux-Mondes :
Entrez, Messieurs, et venez voir. Lucas,
      Pour éprouver moins d'embarras,
Et pour mieux écouter cette voix éloquente,
      Lucas a mis entre ses pieds
          Ses paniers.
Tandis que, bras pendans et la bouche béante,
    Il n'est qu'oreilles, Dom Bertrand,
Laissant son compagnon charmer son auditoire,
Jusqu'aux pieds de Lucas se glisse doucement,
    Et gobe les raisins, sans boire;
    Chacun rit de ce nouveau tour.
Sans trop savoir de quoi, Lucas riait de même;
Mais, voyant ses paniers, il en devient tout blême,
    Et sert de risée à son tour.

    Hommes des champs et de boutiques,
    Bon bourgeois, hommes de tous rangs,
    (Car je parle de même aux grands),
    N'écoutez pas les charlatans;
Méfiez-vous surtout des jongleurs politiques.

La Sagesse et l'Amour.

Savez-vous bien que l'autre jour
Il s'établit une gageure
Entre la sagesse et l'amour?
Il s'agit de régler une grave aventure,
Ne sais trop où. Le premier de retour
Aura le prix : et ce prix, on l'assure,
Est d'un cœur pur, innocent, sans détour,
Le pur et l'innocent servage.

A la sagesse en route il faut peu de bagage.
Sagesse donc trottait par vaux et par chemins.
Heureusement chez les humains
Peu de cœurs, peu d'autels arrêtent son passage.

Le jeune amour, de son côté,
Batifolant, s'amuse aux bagatelles.
J'aurai bientôt passé la grave déité,
Se dit-il, n'ai-je pas des ailes?
Et pour avoir quitté Paris,
De ses hauts faits le siége ordinaire,
Se croyant sûr de son affaire,
Chemin faisant, près de mainte Philis,
De Clorynde, d'Amaryllis,
Sous les lambris dorés, comme sur la fougère,

Il cueille, il sème et rose et lis,
Embellissant ainsi chaque pas du voyage.
Lorsque, planant sur Saint-Quentin,
De Laure il aperçoit le céleste visage.
Eh quoi! dit-il, sur mon calpin
Je n'ai pas cette belle? Aimable autant que sage,
Laure est entière à son devoir.
Oh bien! dit-il, nous allons voir;
Je n'en suis pas, je pense, à mon apprentissage.
Et le voilà qui, du matin au soir,
Fait le gentil, soupire ou papillonne
Auprès de l'aimable personne.
Peine perdue! Enfin il prend un de ces traits,
De ces traits d'une atteinte sûre,
Dont, (las! mon cœur l'éprouve encore!) la blessure
Ne se cicatrise jamais.
Mais Laure aperçoit la sagesse
Qui revenait avec vitesse.
Sagesse! à moi, Sagesse, à mon secours!
S'écria Laure. Une telle prière,
Partant d'un cœur pur, innocent, sincère,
Et triomphe et se rit des plus puissans amours.

Or, c'est le terme du voyage;
A sagesse le prix échut.

Amour confus se dit: Quand serai-je plus sage?
Près de vous j'ai manqué le but,
O Laure! auprès de vous j'ai perdu la gageure;

Sans doute je m'y suis mal pris;
Car vous croire insensible est au moins une injure;
   Mais désormais, pour moi, je vous le jure,
   Nul autre cœur n'aura de prix.

Sermens d'amour qu'hier il faisait à Chloris.

~~~~~~~~~~~~~~~~~

Le vieux Bouc.

   Avec sa barbe et son air grave,
   Son front osseux, ses cornes, son œil cave,
Le bouc devrait avoir un grand bon sens. Nenni,
Dans son laisser aller, ses songes creux, sans peine
   A ses fins le renard le mène;
   Le maître ainsi, du moins l'à défini.
   Or donc, un bouc insouciante bête,
      Ayant passé ses plus beaux jours,
      Soit à végéter dans des cours,
      Soit à d'inutiles amours,
Devenu vieux, ne sait où donner de la tête.
Lui qui jadis était et frais et gras et gros,
   Barbe peignée, et portant droit l'oreille,
Aujourd'hui n'ayant plus que la peau sur les os,
   Toujours en proie au besoin de la veille,
Aspire le trépas pour terme de ses maux.
   Quand par hasard il voit sur des tréteaux

Dom Bertrand qui faisait merveille.
Eh quoi ! dit-il, cet animal,
Qui n'est au fait qu'un étourdi, fait foule,
Plaît au public, qu'il parle bien ou mal ;
Et moi, philosophe, je coule
Mes tristes jours dans le besoin,
Me morfondant seul dans mon coin !
Oh bien ! s'il ne faut que paraître,
Au public comme lui je complairai peut-être.
J'ai mon thême tout fait, nous verrons un beau soir ;
Et le voilà qui ramasse les bribes
De tout son merveilleux savoir.
Ne croyez-vous pas ici voir
Juvenal, ou Gilbert, ou d'autres pauvres scribes,
Luttant dans leur pauvre manoir
Contre le sort qui rit de leur murmure.
Mon bouc apprend par cœur un discours d'ouverture,
Et le voilà qui, jour donné,
Nouvel amant de Melpomène,
Bravement monte sur la scène.
Mais le rideau n'est, hélas ! pas levé,
Qu'il éprouve en lui-même une métamorphose.
De sa nature il ne sent pas la rose,
Et plus d'un auditeur dut se boucher le né.
Il perd la tête, il balbutie,
Ce qu'il croyait savoir bien par cœur, il l'oublie.
A ses ennemis même il dut faire pitié.
D'un public qui parfois n'entend pas raillerie,

L'indulgente moitié contient l'autre moitié.
    Sans être enfin mystifié,
Comme il le méritait, notre bouc se retire.
    Croirez-vous bien ce que je vais vous dire?
Cette équipée a mis un terme à son malheur;
    Il n'est pas un sensible cœur
Qui de mon pauvre bouc ne ressente la peine,
Et délicatement ne vienne à son secours.

    Ah! désormais, auprès de La Fontaine,
    Qui fait ses constantes amours,
S'il pouvait terminer paisiblement ses jours,
    Hors des tracas d'une inquiète vie!

    Ce ne serait pas sans raison
    Qu'on trouverait de la philosophie
Dans ce mot : le malheur à quelque chose est bon.

Le Torrent et le Ruisseau.

    Formé par un affreux orage,
Voyez-vous ce torrent? Il écume, il bondit;
Pêle-mêle, roulant troncs d'arbres et rocs, quel bruit!
De ses mugissemens l'air au loin retentit;
Son lit n'est qu'un ravin, raide, inégal, sauvage,
Ainsi qu'hier, à sec demain sera son lit!
Pourtant, encore un peu, de tout le voisinage

Il faisait un vaste Océan....
Plus d'une Naïade effrayée, embrassant
Son urne, doux objet de ses vives alarmes,
Y confond ses soupirs, y répand force larmes.
Le torrent est passé; sans doute que de lui
On parlera long-temps, long-temps de son passage;
Tandis que du ruisseau, demain comme aujourd'hui,
Demain, demain encor, le cristal pur, ami,
Aux agneaux altérés offrira le breuvage,
   Comme à Tircis, pour charmer son ennui,
     Sa rive offre le mol ombrage,
   Le doux gazon, le plaintif gazouillage
   D'un flot léger. Oh! quand, en mains
Mon La Fontaine, en poche un Horace, un Virgile,
Dégagé de tout soin fastidieux, stérile,
Indifférent au monde, oubliant les humains,
Filant les doux oublis d'une vie inquiète,
   Quand! sur ta rive, ô! Naïade discrète,
Pourrais-je savourer de plus heureux destins?

Mais sans moralité la fable est imparfaite;
   Le ruisseau, mes concitoyens,
Est l'homme industrieux, actif et calme, utile
   A son pays ainsi qu'aux siens,
   Comme on en voit par cents dans votre ville.
Le torrent, il faut bien trouver dans ce torrent
L'éphémère fracas du guerrier conquérant.

Les Voyelles et les Consonnes.

J'ai déjà soutenu, prouvé par les zéros,
Qu'à sa place ici-bas chaque chose est utile ;
    Il va m'être encore facile
    De le redire en peu de mots.
Les voyelles, un jour, et même les diphthongues,
    Autant les brèves que les longues,
Aux consonnes tenaient cet orgueilleux propos :
    Serons-nous donc toujous forcées
    A vous donner l'existence ? Sans nous,
Dites-nous donc un peu, que deviendriez-vous ?
    Vous ne pouvez même être prononcées.
Avant, après il faut que nous soyons placées,
Ou sans cela, bernique : *exemplum ut papa ;*
    Que deviendront les *p* sans les deux *a ?*
Le *p* ne répondait. Plus fait à la réplique,
    Le *q*, blessé peut-être du bernique,
Leur dit : Mesdames, oui, oui, vous avez raison,
Nous ne pouvons, sans vous, rendre le moindre son,
Lorsque vous, sans secours, accentuez le vôtre.
Mais chacun a son prix ; convenez que le nôtre
Est de donner un sens à vos sons. En la vie
    Chacun s'entr'aide ; et dites, je vous prie,
    Dans votre *exemplum ut papa,*
Ce que, sans les deux *p* signifieraient les *a.*

Le jeune Cerf et le Boeuf.

Pressé par le dur aiguillon,
Excité par les cris, les jurons de ton maître,
Plus animal que toi, peut-être,
Péniblement tu traces ce sillon,
Disait un jeune cerf au bœuf qui, dans la plaine,
Jarrets et cou tendus, labourait avec peine.
Que je rends grâce au ciel ! car enfin, quand tu traîne
Ce lourd soc pour autrui, pour un ingrat, tu vois,
De mon front libre agitant les hauts bois,
Léger, du sol à peine effleurant la surface,
Ivre de liberté, d'amour, dès le matin
Je m'ébats, je bondis, je me ris de l'espace.
Ami, lui dit le bœuf, de ton jeune destin
J'aime à te voir ainsi ne goûter que les charmes;
Puisse notre tyran, puisse l'homme jamais
Ne te faire essuyer de cruelles alarmes !
L'éléphant, le roi des forêts,
Eux-mêmes ne sont pas à l'abri de sa rage;
Hier je les vis, tous deux étaient en cage !...
Quand à nous, à mon sort je me fais; sans souci
Je travaille pour l'homme, il me nourrit, ainsi
J'attends... Comme il parlait, de la forêt voisine
S'entendent maints tayants des échos répétés,

Et la hurlante voix de la meute assassine.
Qu'est-ce-là ? dit le bœuf... A pas précipités,
Quoiqu'avec confiance et sans beaucoup de crainte,
    Le jeune cerf détale; mais bientôt
    Rampon, l'ensorcelé Miraut,
De sa trace Miraut a deviné l'empreinte.
    Soudain César, Lécarté, Ramponnot,
Coursier, chasseur, chacun s'élance à sa poursuite.
    Le jeune cerf voit le danger ; d'abord,
    Par mille tours et détours il évite
Les dents du chien, les coups et de l'homme et du sort;
Mais jeune il ne tient guère. Hélas ! au bout d'une heure,
    Couvert de sueur et de sang,
  (Un plomb mortel a déchiré son flanc),
Il revient près du bœuf. Il faut donc que je meure
Si jeune encor, dit-il; à peine ai-je goûté
Les faveurs du destin, sous ses coups je succombe !
Tu me l'avais prédit. Il dit, et meurt, et tombe;
Et des sueurs du bœuf le sol trop humecté
Boit à regret le sang du jeune infortuné.
J'en entendis le bœuf gémir tout consterné.

    D'un fils que Mars a trop tôt moissonné,
Plus d'une mère ainsi va pleurer sur la tombe. (1)

Si l'ouvrage va à une seconde édition, l'auteur, qui a déjà de la matière, se propose de porter le nombre de ses livres de fables à douze, dont, alors deux seraient terminés comme les autres, par les petits drames du Cerf et du Bouc.

Le Bloc de marbre et le Caillou.

D'un caillou, d'un morceau de marbre,
Qui par hasard gisent au pied de l'arbre
   Qu'on voit au milieu de ma cour,
Ami lecteur, souffrez que je redise
   Un entretien qui, l'autre jour,
Malgré le froid, malgré le vent de bise,
   Auprès d'eux m'arrêta tout court.
Eh bien ! disait le bloc, camarade, à t'entendre,
   Tu n'es que feu, pourtant et plus que moi,
     Qu'on dit en avoir moins que toi,
    Du froid l'on est prêt à se fendre.
De la nature ici nous subissons la loi.
S'il déborde chez vous, chez nous il se concentre.
   Parbleu ! repart le dur caillou, parbleu !
   Qu'il soit au bord, ou plus ou moins au centre,
    On sait de reste que le feu
Est dans tout et partout, ce n'est pas-là l'affaire ;
Mais on dit qu'un objet en a beaucoup ou peu,
Suivant le plus ou moins que l'on peut en extraire.
    Sous ce rapport, à deux de jeu
    L'on ne peut nous mettre, je pense.

    Le marbre ne repliquant mot,

Je rentre, et continue à lire en Jacotot,
Ce qu'il dit de l'intelligence.

Babet et sa Pièce de percale.

De Seraucourt une jeune ouvrière,
C'est Babichon, la fille à Mathurin,
Jolie, enfant, beaux yeux, bouche fraîche, voix claire
Dans son cellier, tard et matin,
Tissait, tissait; la navette légère,
De-ça, de-là, trottait grand train.
Le temps est dur, et grande est la misère;
A peine fait-on pour le pain.

Bref, d'une humeur vive, inégale,
Chantant le langoureux ou le joyeux refrain,
De ses vingt aunes de percale
Babet se voit presqu'à la fin.
Je te porterai donc demain,
Disait-elle à sa toile; enfin
Tu vas me payer de ma peine!
Pas un défaut! elle est digne au moins d'une reine.
De tant d'argent que ferons-nous?
Il faut à cette bonne mère
Bons et chauds cotillons de dessus, de dessous;
A Benjamin, à notre père,

Des pantalons, les leurs sont pleins de trous;
Mais bast! il s'agit bien de pantalon, de jupe;
Babet a dans la tête autre soin qui l'occupe,
  Et nous savons ce qu'il en est.
De Lucas elle veut s'assurer la conquête.
  Au dernier tour qu'à la ville elle a fait;
    C'était la dernière fête;
  Elle essaya le plus joli bonnet
Qui soit sorti des mains des dames T....net.
Or, du jour que Babet se vit dans une glace,
  Babet y prit ce petit air coquet
    Propre au sexe de toute classe.
A ce joli bonnet elle rêve, rêvasse,
Elle bâtit dessus maint espoir, maint projet:
C'est pour lui que du temps elle accourcit l'espace.
  Que jour et nuit elle chasse et rechasse
    Sa navette qui n'en peut, mais,
Elle croit le tenir! oh! c'est bien de l'anglais!
Sur sa tête soi-même avec goût on le place;
  On se sourit du coin de l'œil. Eh mais!
A la danse dimanche Hélène était bien fière,
Dit-elle, si c'était pour son bonnet; le mien
    Est cent fois plus beau que le sien;
Voyez?... Moins sur la gauche, un peu plus en arrière,
Comme il me va! Lucas!... A Lucas je vais plaire.
  Allons, marchons; malgré l'affreux chemin,
    Demain nous serons à la ville.
  Maître C*** vous êtes bien habile;

Mais pour ce coupon-ci, *nix* de réductions,[1]
    Et dimanche nous danserons.
Ma Babet là-dessus se trémousse, et renverse
    Sa lampe, hélas! sur son métier.
Le rouleau de la toile est atteint presqu'entier;
    Sur un coin de lisière une étincelle perce.
Qué malheur! Babichon, Babichon, qu'as-tu fait?
    Le lendemain, dans les *us* du commerce,
    Avec raison, un commis à Babet
    Veut retenir cent sous pour cette tache.
Mais, monsieur, lui dit-elle, on voit bien ce que c'est;
Le tissu n'en est pas moins parfait, que je sache.
C*** persiste. Eh quoi! me retenir cent sous!
C'est une horreur! il faut être un fripon, un lâche,
    Un scélérat, entendez-vous?
    Babet tempête, elle se fâche,
    Si fort, si fort, qu'à la porte on la met.

Veut-on à ce récit coudre un bout de morale?
    On a vu combien l'intérêt
Fait de Babet gentille une Babet brutale.
A parler franchement, notre vie, hélas! est
L'histoire de Babet comptant sur sa percale,
Comme Pérette un jour fit sur son pot au lait.

Louis XIV chez Fouquet.

Louis XIV, après une revue,
Chez son sur-intendant déjeûnant un matin,
Disait : Je le répète, interceptant la vue
  De cet aspect, de ce charmant lointain,
    Cette belle et longue avenue
Est de trop, j'en ferais le sacrifice? — Eh bien!
    Commandez, sire, elle va disparaître.
Mais voyant que Louis, peu flatté, ne dit rien;
    Votre majesté va connaître,
Reprend Fouquet, qu'ici tout, ainsi que le maître,
Aime à s'anéantir devant son souverain.
Il dit, il fait un signe, et tout tombe soudain. (1)

    Fouquet par-là voulait faire renaître
Un crédit, dont sans doute il sentait le déclin,
Auprès d'un jeune roi qu'il croit moins grand que vain;
Il se trompait : Louis peut bien de la louange
Savourer le nectar, mais il craint le poison
    De la fausse adulation.
    Ce sentiment peut-il paraître étrange
Dans celui qui plus tard a dit : « L'état c'est moi! »
    Mot sublime! digne d'un roi

---

(1) Trait historique.

Qui sentait le bonheur de régner sur la France,
    Dont nul français de bonne foi
    Ne doit être blessé, je pense.
Fouquet connaissait mal le plus grand de nos rois.

    A plus d'un grimaud dans la classe
Tremblant devant le maître ; à tel ou tel en place
Qui ne fit pas couper que des arbres, je crois
Que ce trait de Fouquet n'a pas l'honneur de plaire,
    Quand à moi, dans ce trait, je vois
    De cette époque un type, un caractère ;
Car chaque siècle imprime à toute nation
    Ses mœurs, et son goût et son ton.
Mécène eût fait peut-être une telle action
Sous Auguste ; on ne l'eût pas faite sous Tibère,
    Encore bien moins sous Néron.

Connaître l'homme est surtout nécessaire,
    Et c'est le vrai tact d'un Bourbon.

~~~~~~~~~~~~~~~~~~

Convalescence de Louis xv,

Il est sauvé ! que le ciel soit béni !
    Voilà pourtant, voilà le cri
    Dont une heureuse circonstance
Fit de nos jours encor retentir ce pays !
    Ce fut à la convalescence

De ce bon roi, qui par la France
Fut surnommé le Bien-Aimé ! Paris,
Tout Paris était ivre et d'amour et de joie,
Plus d'étrangers, tous sont parens, amis,
On s'embrasse, l'on rit, l'on pleure, on se tutoie !
Courrier, est-il bien vrai !! C'est à qui du courrier
Pourra baiser la botte et son heureux coursier.

Car ce n'est plus un vrai cheval de poste,
Comme il n'est plus lui-même un simple cavalier,
Mais un héraut ; heureux qui le touche, l'accoste !
Il ne pourra du jour arriver à son poste,
Embarrassé qu'il est des flots d'un peuple entier,

Le soir, du haut en bas de sa façade,
Chaque maison, à qui mieux mieux,
Supplée à la clarté des cieux,
— Que fais-tu donc là, camarade ?
— Eh ! mais, madame, dieu merci,
Sur ma propriété, moi, j'illumine aussi !
C'est un enfant de la Savoie,
Qui, partageant l'universelle joie,
Sur sa sellette en raccourci
Allume aux quatre coins quatre bouts de chandelle. (1)

Français, car ce sera toujours ma ritournelle,
Français, je le répète ici :
Aimons nos rois ! pour nous leur tendre zèle

(1) Poétique de Marmontel, tom. 1er, page 120.

N'a pas cessé; prouvons, dans la crise cruelle
Qui semble diviser notre France si belle,

Qu'il est encor bien doux de les aimer ainsi!

La Défection.

Ah! c'est vous, mes amis, de vous voir il m'est doux!
     — Oui, sire, et c'est à vos genoux
Que pour des insensés votre bon peuple implore
     L'oubli d'excès que lui-même il déplore.
L'ami Jean nous l'a dit : « N'a-t-on pas pour les fous
     « Plus de pitié que de courroux, » (1)
     Et nous le répétons encore.

     Ainsi parlait au roi lion,
Ayant pour orateur l'éléphant à leur tête,
     Des animaux la députation.

     Des brouillons, quelques troubles-fête
Remuaient, tourmentaient toute la nation.
     On voudrait d'un quatre-vingt-treize,
Dit l'éléphant, nous faire avaler le poison;
     On éblouit notre raison
De souverainetés, de mainte autre fadaise;
     Mais on ne peut oublier la leçon

---

(1) Fable 12, liv. 7.

Que tout peuple reçut de cette gent française,
    Qui chez nous n'est pas sans renom.

  Le bon sens seul nous pose ce dilême :
  Le peuple est-il? n'est-il pas souverain?
  Il ne peut l'être, alors que le destin
Voulut qu'il ne pût pas se gouverner lui-même,
(Et qu'est-ce qu'un troupeau sans berger et sans chien)?
S'il le tente, il se jette en un cahos extrême.
Mais, dira-t-on, il peut déléguer son pouvoir,
De tout ambitieux, de l'intrigant, je pense,
    C'est-là la secrète espérance;
    Soit; mais s'il l'a délégué, quel espoir
    Leur reste-t-il? On ne peut plus avoir
    Ce qu'on délègue. Il fait beau voir
Ces loups ou ces moutons, de leurs pensers sinistres
Nous étourdir! Par vous, vous seul et vos ministres,
Sire! gouvernez-nous; sous votre autorité,
    (C'est notre vœu, c'est notre volonté),
Goûtons long-temps en paix l'heureuse liberté
Que nous devons à vous, à l'amour véritable
De vos aïeux; ah! sire, en licence coupable
Ne la laissez jamais dégénérer. Le roi,
    Dans un doux, un royal émoi,
Rend grâce aux dieux d'avoir un peuple si fidèle!
Il jure par son nom, par son cœur, par sa foi,
Que, soumis aux dieux seuls, après eux à la loi,
Il fera respecter tous les droits qu'il tient d'elle,
Puisque ces droits du peuple assurent le bonheur.

Plus de partis, chacun voit son erreur.

　　Frondeurs, brouillons, nul ne résiste;

Un seul, malgré le cri de la conviction,

Dans son orgueil blessé, dans sa morgue persiste,

　　C'est le parti de la défection;

Mais conspué de tous, qu'importe, s'il existe.

Les Bulles de savon.

　　Pour le peu qu'il ait contracté

De méditer l'attachante habitude,

　　Dans le monde ou la solitude,

Dans la nature ou la société,

　　Un bon, un mauvais procédé,

Tout, pour un fabuliste, est un objet d'étude.

　　Or, il n'est pas pour moi de vérité

　　　Plus générale, plus sublime,

　　　Que cette admirable maxime

De Salomon : « Tout n'est que vanité. »

Pour le prouver, dans un sujet traité

　　Déjà par un digne adversaire,

Hardiment j'ose exhumer ma matière.

　　Je ne sais plus dans quelle pension,

J'ai sur l'époque aussi des dates peu certaines,

　　Des écoliers, d'un seul jet, par centaines,

Faisaient des bulles de savon,
De pareille création
Je crois pour le moins inutile
De tracer le mode futile.
Par le seul jeu de son poumon
Chaque marmot prétend créer un monde.
D'eau savonneuse une goutte féconde
Lui suffit; on y met ce feu, cette action,
Que met à tout l'ambition
Tant qu'elle n'est pas satisfaite;
Car, c'est à qui créera la plus belle planète.
Et, (c'est encore ainsi que fait le conquérant),
Globules par milliers sont détruits pour un grand,
Que bientôt un plus grand efface.
Enfin il s'en trouve un, par sa mobile ampleur
Surpassant ses rivaux. Voyez-vous dans l'espace
Comme il monte, descend, se balance avec grâce;
Chacun l'admire. Au jeu comme à la classe,
Quand il juge, l'enfant le fait avec candeur,
A ses rivaux vainqueurs il cède avec franchise.
Pour lui donner un nom, un chacun rivalise,
C'est Jupiter, Vénus. Vers le plus haut des cieux,
C'est à qui soufflera le brillant météore.
De l'écharpe d'Iris, mobile il se colore !
Il s'élève ! il s'élève encore,
Ainsi qu'un astre radieux !
Tous d'applaudir ! Bravos !.. Mais, fust... il s'évapore !

Une minute au plus il éblouit les yeux.
La chaleur des bravos lui put être fatale !

Je pourrais bien ici, cher lecteur, sans scandale,
　　Faire quelque application;
　　Mais pour la fin de ma morale
　　Je vous renvoie à Salomon.

Le vieux Corbeau corrigé.

A Messieurs du Salon des Canonniers, à Saint-Quentin.

A tout péché miséricorde !
　　Il n'est pas, je pense, un bon cœur,
　　Au vrai repentir qui n'accorde
Le doux pardon, surtout quand dix ans de malheur
Suffisamment ont expié la faute.

Un vieux corbeau d'un vieux chêne était l'hôte.
　　Un soir, comme ses commensaux,
Fouines, lézards, chats même et maints oiseaux
　　Étaient en fête; un félon, dans sa rage,
Du vieux chêne extirpa le principal rameau,
Celui qui promettait seul des fruits, de l'ombrage !...
　　De l'attentat frappé, le vieux corbeau

En perd la tête : or, soit par hasard, ou par l'âge,
Il faisait la police en tout son voisinage.
De son autorité, sans prendre avis, voilà
Que du chêne à chacun il interdit l'usage.
Grands cris, vous pensez bien, plaintes, et cœtera :
   Jusqu'à la cour de l'aigle on se porta.
   L'aigle, condamnant la mesure,
   Dans le fait ne voit qu'une injure,
Et du corbeau le zèle indiscret est puni.
   Depuis dix ans bien plus instruit qu'aigri,
   Par le malheur, s'il en est fort maigri,
Végétant dans son coin de masure en masure,
Il en tira du moins la leçon que voici.
« Qu'il faut avec chacun vivre en paix, en concorde. »
   Il trouve bien un peu long son exil ;
     Mais au bout du compte, dit-il,
     A tout péché miséricorde.

Alcipe.

Il est des cœurs, il est certains esprits
Qui, dans l'enfance ayant contracté certains plis,
   N'en ont jamais pu perdre l'habitude.
Le monde, le malheur, l'âge, la solitude,
Rien n'y fait ; et, vieillards, ils sont encore enfans.
   C'est pour cela que les romans

Sont dangereux à la jeunesse.
Le plus louable sentiment,
S'il n'est réglé par le froid jugement,
Est souvent bien loin de sagesse.
Alcipe, sur ce sujet-là,
Nous fournira des preuves par vingtaine.
Il en voulut surtout long-temps à La Fontaine,
D'avoir pris ses amis au Monomotapa.
Pourquoi pas au pays, dit-il, du Kamchatka ?
Désespérait-il donc d'en trouver dans le nôtre ?
De l'amitié notre Alcipe est l'apôtre,
Il y croit; ou plutôt, n'écoutant que son cœur,
Ne voyant tout qu'en beau, dans les hommes des frères,
Sur la société se forgeant des chimères,
Voilà bien quarante ans qu'il nourrit mainte erreur,
En dépit des chagrins et de l'expérience.
Ayant légèrement répondu, de l'honneur
Il est victime et de la confiance.
Sans emploi, sans nul protecteur,
Il est réduit enfin, par quelque circonstance,
Au métier de solliciteur. (1)

De l'homme y puisse-t-il puiser la connaissance !

---

(1) Cette pièce, dans le manuscrit, est suivie de plusieurs autres où l'on voit Alcipe chez un préfet, son ancien camarade, chez son pasteur, chez son ancien associé, etc., et qui pourront paraître dans une deuxième édition, si elle a lieu.

Délire d'Alcipe.

Vous connaissez Alcipe, et comme en sa vieillesse,
Son âme qu'il nourrit encor d'illusions,
    A gardé les impressions
    De sa première jeunesse.
  Il a proscrit chez lui les deux pigeons
  De La Fontaine. En vain, dans maint colloque
J'avais voulu de lui connaître ses raisons,
Il vient de se trahir; mais dans ce soliloque,
    Il finissait de déclamer
    Les derniers vers de cette fable :
    « *Ai-je passé le temps d'aimer!* »
Soupirait-il d'un ton tout-à-fait pitoyable.
Je l'entendis tout seul bientôt continuer;
    Que cette fable, en mon jeune âge,
    Avait pour moi de séduisans attraits!
Comme elle disposait mon cœur au doux servage!
Comme elle me faisait mieux savourer le frais
    Du doux ruisseau, du mol ombrage !
Comme sur le gazon, comme sous le feuillage,
Elle épanouissait mon cœur, mes sens... Après
    Quelque voluptueuse image
Que mon cœur transporté façonnait tout exprès!
    Comme de vous alors je jouissais

Nature ! Iris !…. Quel culte ! quel hommage !
Faible réalité, vous n'étiez rien auprès !
 Souventes fois, sans raison, sans objets,
Aimant à me nourrir d'*illusives* alarmes,
 Je soupirais, sans trop savoir pourquoi ;
 Le cœur, les sens, dans un passif émoi,
Sans être malheureux, j'avais besoin de larmes !
  Après des transports trop ardens,
 Cette langueur avait aussi ses charmes ;
 Qui peut comprendre un cœur de dix-huit ans ?
Aujourd'hui que les temps ont amorti sa flamme,
Je vois tout le danger de pareils sentimens ;
  Et voilà pourquoi je défends,
Autant que je le puis, cette fable à ma femme,
A ma fille surtout, à mon disciple aussi.

Je parus, il rougit, le plaisant amalgame
Que la tête et le cœur de notre vieil ami.

L'A-propos manqué par Alcipe.

Il est des gens de qui tout le génie
 Est de savoir faire à-propos ;
Ces gens jamais ne souffrent ; de la vie
C'est par instinct qu'ils préviennent les maux.
 Il en est d'autres, au contraire,
 Qui, redoutant les si, les mais,

Et, mettant dans la moindre affaire
Une interminable barrière,
A leur but n'arrivent jamais.
Ils ne sont pourtant pas sans talens, sans science,
En théorie ils ont autant d'expérience
Que les premiers; mais les premiers
Ont leur moisson dans leurs greniers
Que les autres en sont au choix de la semence.

Alcipe a toujours végété,
Et ce n'est pas peut-être un sot que cet Alcipe;
Mais ne sachant dès le principe
Prendre un parti, d'un rien il se trouve arrêté.
Il lui faut consulter le voisin et sa femme,
Qui sent bien, mais ne voit pas plus loin que son né.
Le beau projet qu'Alcipe a médité,
D'être suivi, mais chaudement, réclame,
Et voilà la difficulté.
Tel qu'un superbe pont auquel il manque une arche,
Faute d'avoir fait certaine démarche
A-propos, le projet d'Alcipe est avorté.

Le seul Mécène d'Alcipe.

Dites-moi donc un peu comment,
Dans ce beau siècle de lumières

On voit si peu de vrai talent ?
Car enfin , cher Alcipe , assez rapidement ,
  Vous excepté , chacun fait ses affaires ,
On n'a connu jamais mieux le prix de l'argent ;
    Mais dans les beaux-arts , sur la scène ,
Quelle stérilité ! Disons-le net aussi ,
  On ne voit plus de Colbert , de Mécène
Qui vous pousse, pourquoi ? - Pourquoi ! C'est qu'à l'envi
C'est pour se déplacer qu'on se pousse aujourd'hui.
Sur Mécène et Colbert votre idée est fort juste ;
Leur absence fait tort à tous nos beaux esprits ;
    Mais notre siècle , à votre avis ,
Peut-il compter revoir un Louis , un Auguste ?
      Sous notre régime légal ,
De soucis un chacun a son lot presque égal.
    Riches et grands , ministres , princes
  Ont tous le leur qui n'est pas des plus minces.
      Long-temps ayant mal réussi
      Dans telle ou telle carrière ,
      Je m'en prenais au ministère ,
Qu'un zélé serviteur fut tant au raccourci.
      N'ont-ils pas leur part de souci ?
      Quand celui-là , quand celui-ci ,
  A droite , à gauche , en avant , en arrière ,
  Soir et matin leur taille la croupière ,
Et que leur font vos droits et ceux de votre père ?
Ils ont bien autre chose a penser , dieu merci !

Dans ce siècle il faut, mon ami,
Que chacun fasse son affaire.

Mais un chacun n'est pas encor blasé sur tout;
Il est dans le public une portion saine;
Servez-là bien, chez elle exercez le bon goût,
Ce public-là sera votre Mécène.

~~~~~~~~~~~~~~~~~~~~~~~~~

Profession de foi d'Alcipe.

Comment, c'est vous? c'est Alcipe ! un transfuge !
De la fidélité quel sera le refuge?
Si de son roi, de son parti
Alcipe lui-même... — Insipide !
— Des injures ! déjà, mais vraiment, dieu merci !
Dans la perversité le progrès est rapide;
Et dans les rangs. — Au moins ce n'est pas des ingrats.
Quoi ! vous m'envisagez; et vous ne voyez pas
L'état où l'incurie, et coupable et cruelle,
Laisse depuis dix ans un serviteur fidèle,
Quand aux emplois il voit plus d'un perfide admis.
— Eh mais ! mon cher, voulez-vous que le prince
Sache qu'au fond d'une obscure province,
On néglige un de ses obscurs amis,
Dont les torts.... — En son nom ces torts furent punis,
Quand peut-être ils auraient mérité récompense. (1)

_____

(1) Le vieux Corbeau, page 169, tome 2.

D'ailleurs, à ses sujets soumis,
Le prince est, et doit être une autre providence;
Des courtisans ou des commis
Ne doivent pas fermer l'œil de sa vigilance.
— Ainsi? — Je vous entends; dans ma reconnaissance
Si je loue, admire et bénis
Ceux qu'à tort trop long-temps j'ai cru mes ennemis,
Je ne changerai pas pour cela de principe.

Pour n'être pas ingrat, jamais, jamais Alcipe
Ne trahira son Dieu, son prince, son pays.

Alcipe au Mont Saint-Bernard.

(Synonymes français, art. 884.)

Alcipe, revenu des choses d'ici-bas,
Du monde ayant goûté les trompeuses délices,
De la cour, et du siècle, et de lui-même las;
Sur le Mont Saint-Bernard, aux bords des *précipices*,
D'un cœur long-temps en proie aux passions, aux vices,
Promenait les ennuis, les vœux, le repentir.
Là, sous d'âpres rochers que la chèvre escalade,
Au bord d'une immense cascade
Faisant de bonds en bonds jaillir
L'écume de ses flots; tantôt, avec plaisir,
Dans ses flots bondissant il revoit les caprices

De la fortune; il voit les courtisans
 Sur des sentiers raides, glissans,
 Et semés d'affreux *précipices*,
 Se poussant chacun de son mieux.

Tantôt, cherchant à suivre de ses yeux
 Tel objet qui tombe et s'engouffre,
 Et pour jamais a disparu;
Ainsi, dit-il, la débauche est un *gouffre*
Où biens, santé, vertus, tout est bientôt perdu.

 Enfin, d'un penser plus sublime
 L'âme émue et le cœur ravi,
A contempler les cieux sa vertu se ranime;
 Mais en vain sa raison s'abîme
 A rechercher en tout l'évidence, étourdi,
 Il reconnait bientôt que l'infini,
 Du raisonnement est l'*abîme*.
Plongé dans ses pensers, il était déjà tard,
 Quand, par un chien de forte espèce
Il en est retiré; l'animal le caresse,
 Au sommet du grand Saint-Bernard
 Il le conduit, et là du monastère
 S'ouvre la porte. Alcipe y trouve enfin
 La paix de l'âme et l'oubli de la terre!

Jouet autant que lui d'un bizarre destin,
Ah! que ne puis-je ainsi terminer ma carrière!

L'Illusion du Poète.

ÉPILOGUE.

Il fut observateur ingénieux et sage,
Celui qui le premier dit cette vérité !
    Qu'il ne faut pas si gros bagage
    Pour cheminer à l'immortalité.

    Sans citer ce fou d'Erostrate,
    Que nous reste-t-il de Socrate ?
    Et si son disciple Platon,
Dans son Phœdon, par d'immortelles pages,
    N'eût immortalisé son nom,
D'où saurions-nous qu'il fut le premier des sept sages ?
    Ce qui nous est connu d'Anacréon
    Vaut-il mainte et mainte chanson
De nos faiseurs ? Chez nous, d'un Saint-Aulaire
    La gloire n'est pas éphémère,
    Et ne lui coûta qu'un quatrain.
Combien qui, comme lui, chargés à la légère,
Du Pinde, sans suer, ont gravi le chemin;
    Les noms ont aussi leur destin !
    Que si de s'illustrer le vôtre
Seul désespère, eh bien ! qu'il s'attache à quelqu'autre.
    Vous connaissez ce jeune Athénien,
    Plein de vertus, de vices et de grâces,

Type parfait de tous les Lovelaces,
    L'histoire parle de son chien;
C'est bien-là s'illustrer, je crois, sans y prétendre.
De Bucéphale eût-on parlé sans Alexandre?
    Or, de nos jours comme jadis
    Les vrais dispensateurs de gloire
    Étant messieurs les beaux esprits,
En bien, en mal, soyez fourré dans leur grimoire.
    Par Despréaux, Cottin est illustré,
Comme Mécène doit sa gloire au bon Horace.
Ou bien qu'avec succès votre génie embrasse
Quelque sujet déjà par les maîtres traité.

    Tel est le but de ma tardive audace;
    Est-ce une sotte illusion?
    N'est-ce qu'un orgueilleux délire?
Pour le génie est-il de plus noble aiguillon?
    De son vivant entendre dire :
Après celles du maître.... on peut encore lire
    Les fables de B....-G....on.

TABLE DES MATIÈRES

DU SECOND VOLUME.

LIVRE SIXIÈME.

LIVRE SEPTIÈME.

LIVRE HUITIÈME.

— 183 —

LIVRE NEUVIÈME.

LIVRE DIXIÈME.

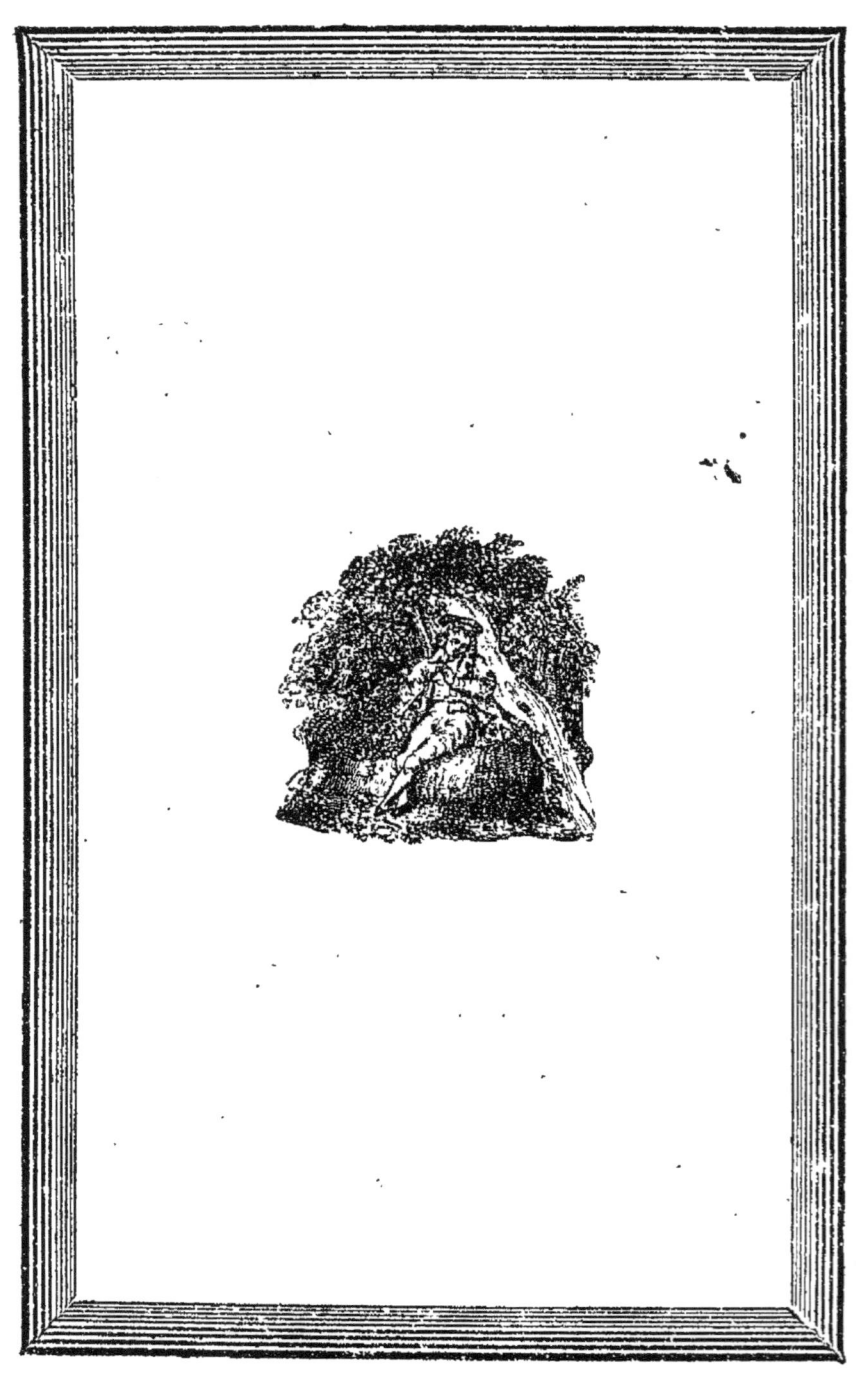

www.ingramcontent.com/pod-product-compliance
Lightning Source LLC
Chambersburg PA
CBHW061327050726
47504CB00013B/1326